"在新疆"丛书

· 第一辑 ·

──散文集──

张映姝　主编

山间碎隙

赵　勤　著

新疆人民出版社

（新疆少数民族出版版基地）

新疆人民卫生出版社

图书在版编目（CIP）数据

山间碎隙 / 赵勤著. -- 乌鲁木齐：新疆人民出版
社（新疆少数民族出版基地）：新疆人民卫生出版社，
2024. 11. --（"在新疆"丛书 / 张映姝主编）.
ISBN 978-7-228-21407-5

Ⅰ. 1267

中国国家版本馆 CIP 数据核字第 2024M4D483 号

山间碎隙

SHANJIAN SUIXI

出　版　人	李翠玲			
策　　　划	宋江莉		出版统筹	宋江莉
责任编辑	王金枝　卜丽娟		装帧设计	舒　娜
责任校对	古丽热·穆合塔尔		责任技术编辑	王　娟
绘　　　图	杨善臣			

出　　　版	新疆人民出版社（新疆少数民族出版基地） 新疆人民卫生出版社
地　　　址	乌鲁木齐市解放南路 348 号
邮　　　编	830001
电　　　话	0991-2825887（总编室）　0991-2837939（营销发行部）
制　　　作	乌鲁木齐捷迅彩艺有限责任公司
印　　　刷	北京富诚彩色印刷有限公司

开　　　本	880mm×1230mm　1/32
印　　　张	6.75
字　　　数	160 千字
版　　　次	2024 年 12 月第 1 版
印　　　次	2025 年 1 月第 1 次印刷
定　　　价	42.00 元

序

新疆是我们博大的故乡。它的博大不仅体现在山川、河流、沙漠、戈壁、绿洲，还体现在生活在这里的五十六个民族以及多元一体的文化形态。

新疆，是多民族共居的美好家园。生活在这里的各族儿女密切交往、相互依存、休戚与共。在中华文明怀抱中孕育的新疆各民族文化包容互鉴，共同成为多元一体中华文化的一部分。

在新疆，普普通通的一场雪，会落在不同的语言里。每个阳光明媚的早晨，"太阳"这个词会在这些语言里发光。人们用许多种语言在述说我们共同生活的地方。这正是新疆的丰富与博大。

每个人都有自己的家乡。家乡可以是一个很大的地方，也可以是我们心里默念的一个小小的地名。有时候家乡可能就是我们小时候生活的一个地方，当我们越来越远地离开家乡的时候，这个地方就变成了一个地名。但是，往往是那些细小的家乡之物，承载了我们对家乡所有的思念，比如家乡的一种非常简易的餐食。我每次到外地超过三天就会怀念拌面。

当人们热爱自己家乡的时候，想念自己家乡的时候，文学是我们表达以及读懂家乡的途径。我认为文学是不分民族的，作家面对的是在这块土地上共同生活的不同民族，当我们用文学来呈现这块土地上各民族人民共同的生活的时候，我们面对的是人的心灵。

那些远处的生活是看不见的，只有文学能呈现这块大地深处的脉搏，只有文学在叙述这块土地上人们共有的情感。每个人生活中的悲欢离合、快乐忧伤，一起汇聚出这块土地上人们共同的命运和共同的情感。

各民族共同生活，大家的情感交融在一起，这可能就是新疆文学最大的魅力。新疆文学给我们提供了一个多民族和睦生活的样板。用不同的语言表述一件事，用同一种语言描述不同的生活，这就是新疆文学作品的精华所在。

新疆的自然风光、传说故事、地域风情等先天具有文学气质的素材，容易孕育出各民族的众多写作者，也引起了无数读者的阅读关注，使当代新疆文学成为具有独特地域内涵和文化内涵的审美对象。

各族作家们用全部身心去发现和感受新疆日常生活的温度与深度，坚守家园热爱和文学梦想，以其独具特色的文化风貌与美学意蕴，记录和呈现各族人民的生活、梦想与奋斗。

此次推出"在新疆"丛书，是铸牢中华民族共同体意识的一次文学出版实践，通过各民族作家的文字，把新疆这块土地上各族人民共同的生活呈现给新疆的读者，呈现给全国的读者，用文学观照人心，用文学观照生活。希望读者多看新疆作家的书，因为从他们的文学作品中，可以读到熟悉的土地，熟悉的山川、河流，读到发生在身边的故事，或者发生在不远处的历史中的故事。除此之外，借此机会，我们还向读者推介已经在新疆文学界乃至全国文学界成绩斐然、广有影响的各族中青年作家，他们如天上点点繁星，照亮文学的星空。

我们想把新疆最好的文学献给读者，把优秀的作家介绍给读者，希望读者喜欢。

2024 年 11 月

目　录

山间碎隙

代　价

四十岁以后，我离开乌鲁木齐，选择在岭南定居，住在岭南樟木头镇这个小镇半山上。这里空气湿润，阳台对着水库和更大的一座山，我面山而居。秋冬春三个季节最好，不冷不热，最宜看书写字。但这并不是说作为一个新疆兵团人，我已经忘记了或者希望忘记我来自哪里，事实恰恰相反，我来的那个地方是忘不掉的。它渗透进了我的生活，在口音、饮食习惯、着装习惯、思考问题的方式等这些生活的方方面面，在我的内心深处的角落里，都有新疆的影子，即使我已经离开很久了，即使我身边一个新疆人也没有。

在南方，我无法忍受别人以猎奇的口吻和戏谑的态度谈论新疆，我拒绝回答他们好奇的提问。这个时候，我的家乡扩大了，从一个小小的团场，变成了整个新疆。我无法忍受他们对我故乡的轻慢态度，我也知道我努力捍卫着的是自己心里的故乡，那是一种不知不觉，不由自主。

在南方，我依靠直觉生活，那种模糊的直觉生活让我忘记是在南方，在没有馕、羊肉和奶茶，没有博格达峰，没有雪山的情况下，我内心仍然保持着一个私密的、完整的新疆。然而也许正是因为这个，这种仅仅存在于头脑里和想象里的新疆是脆弱的，背叛是从身体开始的。

飞机还没有到达乌鲁木齐地窝堡机场时，脸上的皮肤就感觉紧绷，鼻腔难受，无法控制地打喷嚏。然后就是头痛，一上来就是要死掉的那种头痛。没有力气说话，想要一杯热水的诉求也只能很小声，因为声音一大，太阳穴的位置就牵扯着疼。这种头痛难忍的状态还没有结束，接着胃里感觉恶心、翻腾，控制不住地呕吐，里面的东西全部吐掉，感觉就要死了。这样的状态要过十几个小时后才会慢慢缓过来。一开始走起路是轻飘飘的，挪动一步，头都会牵扯着疼，人还是很虚弱，只能吃一点儿米粥之类的流质食物，好像死过一回。过个三四天，人才会慢慢好起来。如此折腾一番，看什么都有种劫后余生的感慨。

每一次从南方回到新疆，以上都是必经的一个过程，差别只是开始的时间和中间持续时间的长短。有时飞机还没有落地就开始发作，有时是落地开始酝酿，回到住地开始发作。

刚开始那两年，我对回新疆有了一种又爱又怕的复杂情绪。我想，这是临近故乡的一种仪式，一种敬畏——逃离故乡的代价。

如今我并不抱怨，这也是我命运的一部分，迁移的一部分。理智上我明白，恰恰是离散的人才能够获得一种特别的自由。植物离开了原来的根系，可能会枯萎，但也可能会茁壮成长，而人离开了家乡，也会更清楚地看到过去。

白　蚁

四月下旬，雨水将至，也是白蚁来袭的季节。当地一位朋友在装修公司做过多年，来看我的房屋装修并帮忙提些意见。他说装修前要放除白蚁的药粉，橱柜不用大理石就得用不锈钢，不能用木板，多好的木板都不行。看他如此果决，我不由得问，为什么呢？

这个小区是个老小区，房子又在半山上，周围都是山体和树木。装木板，未来会有白蚁，破坏性非常大，能把有木头的房子蛀空。他还给我看了相关的照片和网络上的介绍，场面惊人，当然吓到了我。

我相信他的专业，也认可他的建议，关于橱柜和地板都听了他的建议，可是在买家具的时候，我几乎没有想天气和白蚁，本能地按照自己的喜好买了全套实木的家具。住到新装修好房子的第一个五月，雨季来临，闷热中也是白蚁频繁出动的时刻，一到晚上，大量的带着小翅膀的飞虫扑到阳台纱门和纱窗上。虽然它们都被关严实了，可是一会儿，屋里就飞舞着透明翅膀的小飞虫，数量多到吓人。我脑子里出现被白蚁蛀空了家具和墙体的惨状，这让我慌乱和烦恼，四处打电话讨主意。朋友说不用太焦虑，白蚁是要产卵才能繁殖的，装修前撒了药，做了预防，最近潮湿又闷热，也有一些飞虫会飞到房间里，但他们不是白蚁。然

而我还是担心，然后他就又说，白蚁和飞蛾一样都有趋光性，你实在担心，就关掉房间的灯，白蚁就不来了。无奈之下，我早早吃完晚饭，收拾好内务，关掉了房里的灯。

房间立刻在一片黑暗中，什么也看不见，更闷热和烦躁了。我跌跌撞撞走到阳台的纱门前，看着外面，想象着成千上万的白蚁正在伺机展翅飞向我的屋内，将要蚕食房间里的整排实木书柜，而我只能躲在黑暗里，什么也做不了。这让人绝望至极，我颓然地坐了下来。

不知什么时候，眼睛逐渐适应了屋里的黑暗，能看到靠墙的一排书柜，沙发上的靠垫，椅子，下午没有看完的书反扣在书桌上，杯子里剩下半杯茶水……屋里的一切都清清楚楚地看见了。月光斜照进来，地板上泛起灰白的微光，我也没有那么焦虑了。在黑暗里，屋里的一切物件反而更明亮了，我可以在没有开灯的屋里行走自如，不再碰到桌椅板凳，这让我安下心来。

这时，我知道恐惧和焦虑来自我的想象，来自我的内心。

水　库

住的房子在半山上，阳台对着一个湖。那其实是一个水库，樟木头镇的人说，全镇的饮用水有一半来自这里。

湖的地势低，阳台下面十几米开外是湖的堤坝，有钢筋围栏拦住。春天里面的水不是很多，但水质干净。湖再过去是宝山。

我的生活简单，上午写作，午饭后会睡一会儿。午睡起来，是阅读的时间。为了奖励自己上午的工作，下午我会读长篇小说，那是完全享受型阅读，不做研究和分析，只有一路读下去的畅快。正是这样的阅读会让我全情投入，忘记时间，忘记自己身处何处。往往是天已经黑下来，看不清书上的字了，才会发觉眼睛干涩，视力不清。

这时候抬眼看窗外，湖像是一团巨大的黑影，周遭的一切即将笼罩在朦朦胧胧的黑影之中。

隐　喻

山峦在对面，隔着一池碧水，你可以看到，甚至能感觉到，刮风的时候，能看到对面山上的枝条摆动，听到叶子哗啦哗啦的声音。山就在对面，但是你没有办法走到跟前，你没有办法进入，只能隔着湖望着。

湖和山一样难以接近，尽管它就在几米之外，我却只能在高高的岸上看着，而这正是它的神秘和力量所在。

湖水清澈，然而依然看不见底部，无法判断有多深。第一次向下看时感受到的是恐惧和震惊，甚至于恐惧都变得让人兴奋。碧水微颤，如此清澈，却深不见底。那种恐惧和兴奋都很真实，可以清晰地感受到自己的情绪，没有被理智和知识束缚住，内心被丰富微小的感受充盈着，心情反而旷达和辽远，变得更加宽广了。

有的时候我觉得这就像是一种隐喻，像一种理想的阅读、理想的写作、理想的生活……总之就是一种理想状态——可以远远看着，只能无限接近，却永远无法抵达。

有时候我觉得身边什么都是隐喻，所有事物都充满了隐喻。我从花园的小操场旁的绿化带里移回来一棵罗汉松幼苗，大约十五厘米高，它在我的精心照顾下已经长出了四片新的叶子，可最后还是死了。还有那棵别人给我的玫瑰，是被我连盆一起抱回家的，在朋友家时一直在开花，到我的阳台上就再也没有开过花，等等。我觉得它们都是一种隐喻，虽然我还不知道它们这样到底隐喻着什么。

有时候我觉得我对身边事物这种隐喻的认知也是隐喻。

我的行为本身也是一种隐喻。

这是一个隐喻的世界。

生　长

山上的日子有时风和日丽，天高云淡；但有时它也狂风大作，暴雨如注。对喜欢它的人来说，哪种模样都是好的，它们都是山里本来的样子。

不管我在这半山上住了多久，多少次在湖边散步，多少次望向对面的山峦，这片山林和水域依旧能带给我惊喜和冲击。想要了解这片土地的好奇心一直都在，我想自己永远也不能对它的景色无动于衷或心如止水。

早上，有时云雾会将对面的山峰笼罩，每次可以持续两三个小时，直到十一点左右，太阳很强烈的时候，云雾才会散去。

偶尔有朋友来的时候，如果碰上好天气，一进门都会感叹："呀，这山好漂亮呀！"接着他们会上阳台，趴在栏杆上，面对一池碧水和对面的山林感慨一番这里风景很好。但他们回到房间，就不会再看外面了。他们会谈论，会阅读、吃东西、闲聊，总之他们更多沉浸在自我的世界里，而阳台外的湖和对面的山只是一种背景。

只有我一个人的时候，对面的山和树的存在才显得可见。

无论我在房间里做什么，我都会看到它们，感知到它们的存在。树在我眼前变化着，早晨太阳还没有升起，山顶上的树笼罩在一片薄雾中；上午阳光从左边山上斜照，树叶上的露水还没有散尽，闪闪发亮；中午太阳直射，树叶发白；下午的阳光照着摇摇晃晃的树干，叶子轻微抖动，簌簌作响。它们一直存在着，它在看着我，它没有手脚，它不能说话，小小的风都能被它的树叶感受到，它是敏感的，它感受着阳光的变化，它感受着空气的湿度。它在生长，白天在生长，夜里在生长，在我的睡梦中，它也在不停地生长。

模糊的时刻

下午三点半到四点半的时候，阳光穿过阳台，斜照进客厅，会令人心里激荡，坐立不安。

阳光太好了，阳台外对面的山上，树叶也都郁郁葱葱，山下一池碧水，波光粼粼，窗外的橄榄树，叶子绿得发亮。而室内阳光斜照着书架，地上也充盈着阳光，房间里熟悉的一切好像都变了，变得有情有义，变得生机勃勃，变得熠熠生辉。阳光在地板上、书架上跳动着，一室的光搅扰得我没有办法安静下来。这时就只能看着，和它待一会儿，看着阳光一点点移过去，这段时间做不了其他事。只有等光移到室外了，不在地板上跳跃了，我才能接着看书或者写字。

白天太阳光强烈，光过于明亮，夜晚的黑暗又过于刻意，不免颓废，只有黄昏的时候，在天将黑未黑的时候，更接近于人的内心。那个时刻光线没有那么明亮，但也不至于太过松散，就是将黑未黑之时的那种黄昏时候，比较像我内心的一种模糊时刻。

要怎么说那种模糊呢，好像我的生活不止一种，而是有完全不同的许多种。因为在我身边经常发生这样的事，当我提到"我的生活"时，我情不自禁地问自己：这是哪一种生活？是在新疆的生活，还是离开新疆到南方以后的生活，又或者是今天的生活？我还不时感觉到，当我想到"我的家"时，我并不能立刻就知道，是在乌鲁木齐市那个我住了十几年的家，还是在岭南樟木头镇的那个家，抑或是在新疆生产建设兵团我母亲的家。当我说起"在我们这里"时，我不得不提醒自己，对于我的出生地新疆生产建设兵团的人来说，我早已不是他们中间的一员，而在这里，我还没有完全成为南方人。

每当我同南方的朋友谈到新疆的事情时，我从他们惊异的提问中发现，对我来说不言而喻的事，对他们来说是陌生和不可思议的。

如今我是生活在岭南的新疆人，每年我都会往返于两者之间。

有风的夜晚

起初风并不大，我是先看到对面山上的树木摇晃，接着听到树叶的喧哗，才感觉到起风了。等窗外近处的杧果树和橄榄树摇晃起来的时候，大风早已经刮起来了。

站在黑暗的阳台上，对面山上有一轮月亮出现在稀疏的云朵中间，夜晚非常喧闹，树叶、树枝在风的作用下，哗啦哗啦作响。对面的山此刻已经看不清，是一片层层叠叠黑色的阴影，月光很微弱，我感受着风从对面来。这时候阳台下的一池水，在微弱的月光下，波光粼粼，闪烁着蓝灰色的光。此刻长久地看着对面的山，是恐怖的黑色，好像白天那些山上的树和层层叠叠的绿色都是假象。此刻仰头望向天空，面前无边无际的幽暗，被更黑的山林遮挡和切割，只有阔大得让人恐惧的苍穹；此刻我活着，距我十步之遥就是湖水，这一点儿也不美，这是让人恐惧的情景；我是这个山林、这片湖水的一部分，我是地上的野草，我是熙熙攘攘万物中的一员。此刻我触摸到了宇宙，高远、浩渺、黑暗，它是神秘的，同时我感到它还是恐怖的。

这时候，我是一个无穷小的分子，我能觉察到自己对万物的恐惧。我在倾听风的声音，我能感觉到迎面空气中的冰冷和潮气；我想象着樟木头镇、广东、中国、整个世界，而人是多么渺小，多么脆弱。我在黑暗的阳台上，想着那些我爱的人们，那些陌生人，他们此刻在哪里？他们也在听着同样的风声吗？

有时候夜里是没有风的，躺在床上还是会听到响动。起初是一种细小的声音，犹豫不决地在寂静的黑夜里发出和白天不一样的声音。接着窗外的树叶哗哗啦啦，树枝随风摇摆，吱嘎作响。然后，好像惹怒了谁，风的声音变成一声尖啸，一阵咆哮，而接下来阳台上晾着的衣物招展得像许多旗子纠结在一起哗啦啦乱响，衣架相互碰触，门框晃动，玻璃在窗框里挣扎——万物都在战栗。此时，我睡意全无，我以为风正在改变一些事物，声音越来越大。我凝神细听，但树枝摇摆骤停，没有声音，细微的声音也没有，刚才的一切响动像是幻觉，此刻一切静得可怕。

蒙眬中，又躺下，但并未入睡。风还在，那些风制造的声音还在。我好像看见了窗外那些摇摆并被迫发出声音的事物，好像在另外一个空间，有风，又好像没有风。我醒过来，又睡过去，但并没有深睡，意识一直都在，我可以看见自己的小心翼翼和恐惧。这种深夜，我不确定自己是否睡着了，一直都有意识，但又不清晰。

整个夜晚我都在似睡非睡的状态中，时间在过去，时间又在来的路上。天变得灰白，鸡叫了，小鸟叫了，有时候还可以听见狗吠的声音，然后天慢慢亮起来。我知道，昨晚的声音都过去了，直至下一个深夜，那些声音才会重新过来。

我躺在床上不动，好像刚跋山涉水地走了很远的路，回到家躺下，疲惫不堪。看着窗外的杧果树纹丝不动，树叶在早晨的阳光中显得更加翠绿，并且闪闪发光，仿佛万物复苏，一切欣欣向荣。我不禁怀疑，昨晚是不是没有风，什么声音也没有。

那些声音来自我的内心深处。有风的夜晚有一种非常搅扰人心的东西，让人无法安然度过。

不 安

岭南的夏天特别长，长到了让人无所适从，无法言语。说什么都不能说清楚，说什么都没有意义。

还是让我来讲讲自己吧！他们说的都不是我，都不是完全的我。我究竟是谁呢？完全的我在哪里呢？我自己也不知道。我一点儿也不喜欢自己现在的状态，太感性，太情绪化，我知道这是可耻的，但我对此一点儿办法也没有。

暴雨将至，闷热是前奏，黑色的云席卷天空，正午天就黑了下来，伴随雷声的还有闪电，然后大雨一下就倾倒下来。刚才窗外的树和对面的山峦还清晰在眼前，现在完全看不见了，眼前只有大雨如注。雨下得太急了，此刻的窗外一片白茫茫的。

岭南的夏天很长，大雨说来就来，一日一日还是要这么过着，想想这事就让人不安。

杂 草

偶尔我望向窗外那块水库边的草地，那些绿意汹涌的杂草，仿佛一个神奇的未知世界正在招摇和诱惑着我。

含羞草贴着地面生长，开着粉红色的花，不抢眼。我还是第一次见含羞草的花，小小的一团，仔细看去是由一根根花丝组成的形状像小球一样的花朵，类似于绒球，就像是一个小蒲公英一样，非常小巧可爱。

感受着手指肚触碰含羞草叶片的瞬间，用手轻触含羞草的叶子，它会立即闭合起来，纤细的枝条像被折断了一样耷拉下来。含羞草让我觉得它们像少女一样有很强烈的独立意识和尊严。

从小区出来，下山的坡道两边是工厂院子的外墙，墙边上一溜儿呈长方形堆高的工业垃圾上蓬勃生长着无人照看的野生植物。鬼针草和马缨丹从碎石中钻出来开着鲜艳的花朵。垃圾堆的两边各长了一棵碗口粗的木瓜树，坡下的那棵高大一些，结的木瓜也多一些，坡上的这棵木瓜树体型要小得多。我走过的时候，经常会抬头观察木瓜熟了没有。它们在高处，围拢在树干周围，一直绿着。除了这些植株高的植物，垃圾堆上还长满了细碎的杂草，完全把垃圾遮蔽了起来。

这些杂草并没有什么美丽可爱之处，完全不是鲁迅笔下百草园的样子，也不是萧红和祖父后院的样子，但是它们充满了生机——蓬勃的、野蛮的、无处不在的勃勃生机。长得高的是马缨丹，开着五色的花，一簇一簇，好几种我不认识的植物都层层叠叠地被它笼在身下。滴水观音的茎粗壮如小孩手臂，叶子硕大如蒲扇一般。在这几种植物之下，还生长着更加不起眼的杂草，它们默默地覆盖着黑色的土地。

午休时我在这片杂草旁的小路边散步，常常为杂草的繁茂昌盛而惊叹，同时带点儿天真烂漫地感到它们这种从垃圾废墟中重生的力量是多么强大，它们在此刻战胜了工业时代的废墟。

马缨丹又叫五色梅，花色美丽多样，小小的花朵聚在一起，如彩色的小球。仔细看去，这些小彩球的花冠有金黄色、橙黄色、粉红色，小小的花朵虽不起眼，但是花色亮丽，团团簇簇地聚在一起，就很惹眼。据我观察，马缨丹的花期长，它春天在开花，夏天在开花，秋天在开花，就是到了冬天它还在开花。美是美，然而它的气味却不好闻，有一丝臭的味道，后来我才知道当地人叫它臭花，远远地看着就好，不能近赏。

邻居家的妇人，见我拿着一束开花的马缨丹回家，好心地告诉我，这个马缨丹全株都有毒性，人或家畜误食后几乎难以治愈，根、叶、花也是中药。她说小时候在农村放牛放羊、养猪养狗的地方发现了这种花，大人就会清除掉，以免牲畜误食。她说着话，就要出门。

这倒引起了我的好奇心。我上网查了一下，原来马缨丹的生长力很强，在乱石堆、荒草地都很容易生长，尤其在土坡、护堤、沟岸边都能见到它的身影。马缨丹还会影响其他植物的生长，破坏生态平衡，它会挥发出强烈的异株克生物质，也就是说，在它生长的地方，其他许多种类的植物生长就会受到抑制，对于果园、农林牧场的植物生长都有害。原来这小小的五色花球，还有这么厉害的手段，我倒是小看它了。

光线暗淡下来，黄昏来临，我沉浸在自我的幻影中，在房子后面的水库边闲逛。我从来没有这么频繁地出门散步过。水库在对面林木繁茂的山下，房子在半山上，水库的地理位置在更低一点儿的凹陷处。

这座山与镇中心相距两三公里，但为了省钱，也为了每天都走一点儿路，我很少打车出门，而是步行下山。我没有工作，并不需要在规定的时间赶到哪里，见什么人。

不工作让我闲散，游离于人群之外，我喜欢这样的游离，我喜欢在野草丛生的路边散步，我喜欢走路下山，去镇里闲逛。

我也喜欢在夜空下步行回家。柔和的风吹拂着树，特别是走过铁路桥那一段以后，拐上那段上山的路，路两旁长满了野草。

我必须经过的那家工厂门口的小商店，墙上的电视还在播放着节目，树下的桌子上有喝了一半的啤酒，椅子上歪七扭八地坐着些男人和女人，他们在喝酒，在聊天，在看电视，在活着。

生存的意义

清早在湖边散步，看见临着湖一户人家的院子里，一个中年男人拿着砍刀，一下一下地在砍一棵碗口大小的菠萝蜜树。

隔着院子，我问他为什么要砍树，是要把它砍倒吗？他告诉我，不砍倒，只是吓唬一下它。这棵树今年没怎么结果实，这样在树身上砍几刀，明年它一定会结很多果的。

为什么呢？

因为它害怕死啊，一害怕就会结很多果子。

是啊，结果子就可以延续生命。但我依然很好奇，这到底是什么原因呢？后来，我在一本讲植物的书里看到，受伤的树会在第二年开很多花，拼命结果，就像莞香的形成，也是受伤后的结果。书上说这是植物的防御机制，结果和繁殖是植物生存的意义。

这让我想到自己。在读书写作和世俗生活之间，我并不能很好地安放自己的身体和灵魂。在生活琐事和人际交往中感到受伤和无聊时，就会转身更深入地去读书、思考、写作，这个过程是探索的过程。

我发现，沉浸在一个虚构的世界里让我感觉更真实和可靠。在这里，我是放松和自在的，就像一个疗愈的场所。

在新疆时，我觉得读书、写作于我是一种逃避。现在，在岭南，我觉得我在探寻真实的自己和存在的意义。

逃避之路

从未真正离开过，一刻也没有。

无论是写作也好，离开新疆也好，于我而言都是逃避，而不是逃离。在我的心里，从来都没有离开过新疆。

谈论别人是虚妄的，但谈论自己更是困难的，也许是我还没有做好这样的准备，或者没有足够的勇气来面对自己真实的内心。

我曾经认为，写作是一种逃避。逃避现实带来的失落、缺失和伤害。三十几年过去了，我还是这样认为。

一个人为什么写作？是因为有缺失吗？我的童年是有缺失的，那是一段灰暗的记忆。

我的颌骨有点儿向外突出，牙齿也有点儿向外暴，虽然做过牙齿矫正，但改变并不大。因为这个原因，很小的时候我就知道掩饰缺陷，笑的时候会下意识地捂着嘴。我不喜欢照相，十八岁之前我的照片不超过五张，每一张上的我都像在受罪，苦着一张脸。很多年我都害怕照相机对着我，面对镜头，我不由就会张皇失措，内心纠结。结果越是这样越是照得不好看，不是皱着眉头，就是带着阴郁的眼神，垮着一张脸，神色黯然，不通达和明朗，没有那个年龄该有的单纯和明净。

永远也不能忘记我对英语和英语老师的恐惧。从十岁以后，我不论到哪里，不论离开学校多久，最大的噩梦还是听到一声高亢的女声叫我的名字。一个中年妇女踩着高跟鞋，快步走到我跟前，尖细又高亢的嗓音对着我："赵勤，站起来，把这个句子的时态和语法给分析一下！我就知道你说不出来，笨蛋，站到后排去，这节课你站着听！"

这是我的第一位英语老师，说话声音又高又尖。三十多年过去了，她应该已经老迈，甚至有可能已经不在人世。但她的嗓音还会一次又一次在我的梦中闪回，声音还是那么高亢、尖细，而我还是那么张皇失措。

在我的生命里第一次体会到羞耻、难堪，觉得自己比别人笨，这都来源于我做错了英语试题和我背不出单词时她对我说的那些话。她的嗓音顽强地留在我的记忆深处，过了很多年，怎么也抹不去。她和她的嗓音是我对恐惧最初的感受。时间已经过去了三十年，直到现在我听到这种类似的声音还是会感到恐惧。我会下意识地把有着这种嗓音的女性排除在朋友之外。

成人以后，我梦到较多的场景之一就是高考，是我一次次误考。坐在考场上，面对卷子大脑一片空白，什么也想不起来，周围都是奋笔疾书的沙沙声，而我面对卷子一筹莫展，写不出一个字来，感觉这一生就这么完了。年过四十了，我还在做关于高考失利和未来无望的梦，梦见在考场上，别人都在埋头答卷，而我什么也不会，交卷的铃声已经响起来了，卷子还是空白，心里暗自懊恼追悔：一辈子就这样完了。少年时面对未来的渺茫让我深陷焦虑，而这种焦虑如影随形直到现在。有时候我想，这种焦虑是命运让我给未来找一个意义？

除了学习不好和长得难看，肯定还有一些别的原因让我自卑。说不清楚为什么会自卑，害怕成为别人议论的焦点，什么事情我总要思前想后，很难拒绝别人的要求，宁愿别人负我，也不要我负别人，我害怕被别人说丑人多作怪。

十几岁的阴影始终不能摆脱，我相信自己停留在了那个年纪，无法补救。

快要四十岁的时候，我辞职回家，专心读书和写小说。我尝试着写下城乡接合部家庭主妇的烦恼，兵团二代青年的恋爱故事，青春期女孩子古怪的想法，大龄未婚女青年的相亲故事，等等。仅就写作本身而言，我很清醒地知道我在写什么，我的主人公都比我要明白他们想要的生活和状态。有的时候我写着写着，完全忘记了现实世界，我就是我笔下的家庭主妇、小偷、青春期的女孩子、大龄剩女，我过着他们的生活，我烦恼着他们的烦恼，高兴着他们的高兴。

那时候我像一个无所不能的女巫，知晓所有人内心的秘密和渴求。他们的自私就是我的自私，他们的恐惧就是我的恐惧，他们的残忍就是我的残忍，他们的懦弱就是我的懦弱，他们的无奈就是我的无奈，他们的失败就是我的失败，他们的爱就是我的爱。也正是源于爱，爱那个真实的自己，才写下这些小说。

回到现实中，我是那个不愿出门、不爱说话、不爱做家务的家庭主妇。我过着双重生活，有时候场景转换太快，而我还没有出来：精神还在虚构的世界里，而身体已经碰到了现实中最实际的问题。

为此，我经常搞不清楚状况，也可能在家里待久了，在现实生活中，我成了一个无能的人。我越来越害怕去银行、邮局、物业办、社保中心等一切职能部门办事，我害怕和人交涉，我听不明白工作人员给我说的话，转眼就忘记了他交代给我的规范操作，经常被工作人员挤兑挖苦。我记不住数字、人名、楼层，出门办一些事情时，我总是迷迷糊糊、昏昏沉沉地犯困。

不写作的时候，我像被打回原形的丑八怪，焦虑、颓废、犹疑、神经质。一方面我想象自己能像在虚构的故事里那样现实、勇敢和坚定；可是另一方面，现实世界中，我又是疲沓、颓废、软弱的。

我想，没有比文学更好的途径了。于是我试图通过用小说这样的方式阐述这种阴影和自我探寻，希望在现实中和他人达成理解，从而获得真正的平静。

当我要写东西的时候，前一天就会心神不宁，神经紧张。一开始我只是有种模模糊糊述说的冲动，不知道会写下什么样的句子，这个过程会产生什么样的变化，会不会有旁逸斜出的地方。述说的冲动会把我带向何方？我有没有能力呈现心中朦朦胧胧的想法？这些都不得而知。这样的时候我总是很焦虑，但又没有什么明确的目的。

只有在干净整洁的房间里我才能写作，如果房间里混乱不堪，地板上布满灰尘，我也无法安下心来写。那些灰尘、细小的渣渣好像在我的身上或者心里，我必须把它们清除出去，才可以安心。身心要极度放松才行，房间里通常不能有人，那感觉就像身上穿了很多件用以遮蔽、防御的衣物，需要一件一件脱下来，直到剩下一件柔软干爽的棉质袍子，身体舒适到仿佛没有衣物的束缚。

在生活气息很浓的房间，也不能写作。我会翻翻这里，整理一下那里，然后找点儿东西吃吃，或者喝点儿什么，听个音乐也好。不知不觉磨磨蹭蹭了一上午，又到午饭时间了。通常吃完午饭我会犯困，需要小睡一会儿。午睡起来的时间正是黄昏还没有到的那段一天中最难熬的时间，那时候我会恍惚，会莫名其妙地感到失落，会有强烈的颓废感，却不知道为什么。

等我终于可以坐下来写点儿什么的时候，我的想法有时候是不清楚的。很多时候我对我写的东西似懂非懂，我的内心似乎知晓答案，却又不明确，是写着写着慢慢明确的，在自觉和不自觉之间写着的时候感觉最好。后来证明，这种状态下，写出的东西也是好的。

写作于我是一种治疗方式，当我把一段萦绕内心的情绪、人物、事件幻化成情节而写成小说之后，好像在虚构里满足了我当年的亏欠和缺憾，心理得到了极大的满足，从而获得一种类似宣泄后的快意和舒爽，但紧接着是一种空空荡荡的虚无，仿佛获得的即是失去的，有创造了一个新事物的快乐，同时也有永远地失去了身体或者精神中的一部分的失落、空虚。总之那是一种很复杂的心理，像是巨大的欣喜和巨大的悲哀同时在我小小的心脏内不断膨胀扩张。这种感觉很奇怪，不知道别人在写作的时候是不是这样，不写作的人也许是体会不了的。

对于我来说，新疆的春天从来就不是一个生机勃发的季节。雪还没有化，草没有冒出头，树上还是光秃秃的，只有白昼越来越长，这些都不会让我想起有什么东西要开始。对我来说，那不是开始，而是一个漫长的期待的过程。在乌鲁木齐，三月的夜晚，夜幕降临时分，天气寒凉，人们容易丧失意志。即使有太阳的上午也是一样，太阳很大，阳光灿烂，但寒气也是强烈的。在那个时刻，我并不觉得生机勃发，也没有时光飞逝的感觉。我反而有种绝望至极的颓废感。

在新疆，作为一个写作的人，我每日忍受着关于写作的焦虑：时间被无关的人、事浪费掉，写下的文字自己不满意，对自己的怀疑，精神上的疲倦，这些汇聚到一起，附着在我的心里。

在新疆，我觉着自己不仅仅是一个观察者，一个时刻准备着要写作的人，还是一个被很多事情操纵着、不断挣扎的人。

我终于衰弱了。我的精神破碎了，这发生在我去南方之前。

我在哪里？哪里都不在。在乌鲁木齐我是兵团人，在兵团我是山东人和甘肃人的后裔，而我从未在山东和甘肃生活过，这两个地方是我父亲和母亲出生和成长的地方，是他们的家乡，是我的祖籍，我对这两个地方一无所知。

早晨几千里外的地窝堡机场的送别，是对我的过去——我在新疆乌鲁木齐的过去的送别。离开的惆怅还没有结束，飞机就已经到达了白云机场。很快，我便满心欢喜：我从未见过开满花的一棵树和连绵不断的翠绿色树木；来到另一个与众不同的世界，萌生可以重新开始的念头；时间无始无终，未来无始无终，对未知的事物产生强烈的体验愿望……

那是个冬天，我来到樟木头镇的时候是冬天。以往一想到冬天和下雪我就有些惆怅。乌鲁木齐的冬天特别漫长，天空常常因为雾和下雪阴沉着，有时候一个星期也见不到太阳，而树叶已经掉光，树干和树枝光秃秃地向上杵着，室外没有人走和车跑的地方都是积雪。温度通常接近零下二十摄氏度，空气寒冷；室内有暖气，温度在零上二十摄氏度以上，室内室外温差为四十摄氏度。

可能是我脆弱的脑血管受不了冷热交替得如此激烈，这样的一冷一热导致我的头痛病经常发作。每一次头疼欲裂时，伴随着胃里翻江倒海地吐完，太阳穴位置一跳一跳地痛。夜晚是这么漫长，好像永远也不会亮了，时间一分一秒地过去，感觉自己要死了，看不到天亮。

但其实，无论黑夜多么漫长，时间多么难挨，天总是会亮的。看着窗外天空一点儿一点儿地变白，我对"劫后余生"有了切肤的感受。有些词汇，在字典课本里学习过以后，还会在生命中重新认识，由此这个词就和你自身的生命有了关联，而不再是一个空洞的词。

在新疆我经历过严酷的冬天，最冷的时候零下三十多摄氏度。樟木头镇和那样的天气无缘。在这里，一年到头可以穿同样的衣服，偶尔加件毛衣，厚的羽绒服几乎用不着。

对我而言，樟木头镇的冬天是舒适的，草木旺盛，路边多是开着一树花的异木棉。这里植被和天气的变化都很温和，时光在我眼里变得模糊。我分不清季节的更迭，也无法把某种花或者叶子和特定的季节联系起来。

白天黑夜在过去，最初的新奇在过去，接着我有些惊慌，一种茫然的惊慌，然后是自我意识的缩小。

有一种压抑、恍惚而又强烈的真实感，在东莞樟木头镇山上的小屋我写下这样的日记：我有了一种疏离感，因为没有完全进入南方的生活，也因为一个我认识中庞大的北方世界在这里变得很遥远，很小。

见到生人我会不知所措。在新疆出生长大并且生活多年，到一个新地方我依旧会紧张，会有生疏感，会觉得身处他乡，感到陌生、孤独。每每来到一个新地方，在别人眼里可能是探险——对我而言就像是揭开一个旧伤疤。

空虚和不安又多了一点儿，有必要再次补充内部的能量，去看书，让自己再次沉浸在思考和消耗的过程中。我觉得这样可以忘记眼前的世界，哪怕只是暂时忘记也好。

天色暗下来了，屋里的家具变得模模糊糊，从我卧室的窗户往外看，偶尔有汽车鸣着笛，沿着盘山的道开上来。强烈的前车灯光会照亮我的卧室，灯光一闪，车沿着山道走了。我感到一阵恐惧，这种恐惧常常在夜里把我攫住，比害怕的感觉要强烈得多——从今往后要独自一个人面对人生，无依无靠，没有人来帮我，无论是父母还是爱人。这样的时候我真希望我还在新疆的天山脚下，一抬头就能看见博格达峰。不只是这天晚上，还有今后的每一个晚上，就像永恒一样。更确切地说，我希望每天都能一抬头就看见博格达峰，它就像个照看我的守护天使。

但是，在其他的一些夜晚，恐惧消失了，我在房子后面的湖边散步，听着蛙鸣和锻炼的人说着我听不懂的客家话。站在这个高处，看着山下一片灯火辉煌的夜景，那些灯光好像比电影院放映的影片上的灯光还要强烈。我走向了下山的路。

南方的生活就在此刻，我怎么能蜷缩起来让自己躲藏在黑暗的屋子里呢？我害怕什么呢？我要去见人。只要走到山下，走到镇中心，走到一家咖啡馆就好了。

是的，这家咖啡馆不只是一个避风港那么简单，它也是我人生的一个阶段。一抹时光咖啡馆是樟木头镇唯一一家内设阅读区的咖啡馆。我在这里认识了KK、标哥，还有阿华和神秘的莉娜。KK经历丰富，精通哲学和佛学，关于茶道和咖啡的来源也能娓娓道来，所知甚多，是个百科全书式的人物。看得出早年也是有阅历和见过世面的人，不知道为什么人到中年却愿意窝在樟木头镇，整天显得无所事事很闲适的样子，黄昏到夜晚经常泡在一抹时光咖啡馆里。标哥每天晚饭后一定会来一抹时光咖啡馆喝上一杯耶加雪啡，这个习惯保持了好几年，从他没有中风前就是这样，以前他是走着过来，现在是打车过来。他说在这里才可以喝到正宗的手冲，不用看，他一喝就可以分辨出是阿佳还是米粒冲出的咖啡，从一杯咖啡里他甚至可以喝出咖啡师阿佳今天的状态好坏。他说阿佳心情好，冲出的咖啡甜味会多，苦和涩都要靠后，也淡一些，如果状态不好，那么苦和涩味都要靠前一些，也会重一点儿，甜味稍欠。

一抹时光咖啡馆是我见过的最小的咖啡馆，可是这里却聚集着形形色色、奇奇怪怪的客人。这里是进入樟木头镇的一个通道，一个入口。在一抹时光咖啡馆，顾客都不会刻意打探各自的来历。我们都有过去，此刻，我们都不想回到过去。我们都想活在当下，享受这短暂的一抹时刻。

咖啡馆靠墙的书架旁边放着一把椅子，我坐在那里浏览那些书籍，偶尔也看看手机。咖啡师阿佳和米粒在小声闲聊，阿佳一边说话，一边在吧台后面擦拭着玻璃杯，有时候也在吧台后面看书。

在这里我每说一句话，我都觉着那是错的或者词不达意。最好还是保持沉默，只要倾听就好。

有的时候午睡起来，我也会走下山，来到大街上，一阵空虚的感觉突然向我袭来。第一次是在过了天一城之后的那家润信糖水店门前。街上人来人往，但和我并没有关系。我是那么孤单，我心慌气短，感觉自己就要倒下去了，那些人却会继续往前走去，根本不会在意我。终于走到一抹时光咖啡馆，从下午到晚上，我都在咖啡馆坐着看书。我坐在吧台那里，我拿着一本奥兹的《忽至森林深处》。我对阿佳说："我给你念书吧。"然后我就开始念："伊曼努埃拉老师向班上的同学描述熊长什么样，鱼怎么呼吸，猎狗在夜里发出怎样的叫声。她还在班里挂上了动物和鸟类的照片。多数学生都取笑她，因为他们有生以来从未见过动物。多数学生都不相信世上竟有这样的动物，至少我们这里没有。此外，据说这位老师在全村从未找到想要娶她的人，因此，据说她的脑子里装满了狐狸、麻雀，以及单身的人在孤独中胡思乱想的东西……"

我一口气念了好长，直到口干舌燥得要咳嗽起来。阿佳拿出耶加雪啡的咖啡豆，用虹吸法煮了两杯咖啡，一杯给我，一杯留给了他自己。

这种醇香的半透明的棕色液体，慢慢进入口中，先是苦，后是甜。过了片刻，喝下去的液体就让我产生了一种神清气爽和愉快自如的感觉。那一刻我相信在深夜和大街上袭击我的那种恐惧和迷茫的感觉再也不会重现。

"你觉得怎么样？好些了吗？"阿佳问我。他的眼神清亮，好像他什么都知道。

某天清晨开始下雨。我住的小房子窗外是一棵杧果树，枝繁叶茂，却没有结杧果。也可能原本是结了，在我没有来的时候已经成熟，被人摘了下来也未可知。雨落在窗外的杧果树上，落在树叶上，把树叶洗得发亮。这些杧果树我先前没有留意过，看着雨把杧果树、近处的房屋和远处的山林浸润在一片朦朦胧胧的白雾中。我有些恍惚，我把周围看得真真切切，却不清楚看到的是何物。

周围对我而言依旧陌生，我处于一种混沌状态。然而我还是知道一些事的。我知道我坐动车到达的这个镇子的名字叫樟木头镇。这里差不多是我认识的第一个南方小镇，目前全镇正在改造排污管道，山下的先威大道被挖开，大型的厢式货车、小轿车常常挤作一团。人行道狭窄，人们迎面走过时需要侧身才能通过。由此处走到镇中心，一路上都能遇到汽车拥堵的情形。空气没有记忆中那年夏天来短暂停留时的燥热，但温度也不低，经常是走到一半就会流汗，加之空气中尘土飞扬，走在这样的路上经常让我有一种恍惚感。刚才在山上的翠景花园，好像是在另一个世界里的世外桃源，眼前的街道上空气差、卫生也差，却有一种蓬勃发展、野蛮生长、欣欣向荣的气象。

我也知道小区背后有一个不大的水库，这里的人们叫它湖，湖在宝山脚下。我知道有条步道通向湖边，我知道湖对面的宝山那边也是一个依山而建的小区，比翠景花园大很多，植物种类也更丰富。

我在樟木头镇的这种生活看起来似乎很自由，面前好像有无数个可能，其实什么可能也没有，这是一种完全悬浮的状态，跟什么都没有关系。我只是待着，我待在乌鲁木齐南山，待在樟木头镇，其实这些地方跟我都没有什么关系，我只不过是一个局外人。我活在一种没有身份的、模糊的状态之中，唯一拥有的就是不确定性。

一开始朋友问我最近在干什么，我都说没干什么，什么也没有干。

在遥远的乌鲁木齐，在那个能看见雪山的城市，多年来我一直梦想着来南方生活。但是我在南方的生活索然无味，没有意义。我一直在找寻和书写新疆人的故事。我把我异乡人的那种漂泊和无根的焦虑全部带到了南方，那些焦虑多少存留了下来。一开始它们很大程度上也是轻薄的，后来就弥散开来，是找不到目的和意义的焦虑，以及未能达到自己理想状态的那种焦虑。现在，我在南方的夜晚无法入睡。

如果有人问我在这个举目无亲的地方待了半年都干了些什么，我只能说我什么也没有做。我住的小区名叫翠景花园，小区依山而建，一侧院墙就是削平的山壁，我每天只是顺着坡道走下来，找家便宜的小餐馆一天胡乱吃两顿，不分昼夜地打哈欠，大脑昏昏沉沉，长时间地睡觉和偶尔漫无目的地随便走走罢了。

冬天的樟木头镇是一片绿色。虽然树木也还是绿色，但却显示出一种厚重的浓绿。小区门口的三角梅开出玫红色的花朵，还有我叫不出名字的植物也开出黄色的花朵。我徘徊在小区后面的一片水域旁的小路上，走来走去。在樟木头镇，我做的只有这些。

时间在流逝。时间在过去。

在樟木头镇我闲散地生活着，睡觉、吃东西、散步，泡在一抹时光咖啡馆和人闲聊，偶尔也读书。

奇怪的是，重复了很久那些无意义的事情后，我开始看到我未曾想到的一些东西。不知道该怎么解释才好，那是些蓬勃的、热烈的，也是生生不息的片段和瞬间。

石缝里长出碧绿碧绿的草和小树苗；穿着校服背着书包走在斜坡上的少女清澈的眼神；小区巷子口对面的集市，老人和妇女在路边摆着摊子，卖着翠绿翠绿的蔬菜；在集市入口处有人蒸出香甜的红糖馒头；卖桂圆、卖杞果、卖剪刀、卖豆腐、卖切面的大叔，黑红色的脸庞伴着微笑的吆喝，像是欢快的通俗歌曲，像是一种热气腾腾的生活前奏，而我在这种喧闹的场景里似乎也找到了一种生活在当下的意义。

在南方，一些在结束，一些在开始。时间，无始无终。

重返阿瓦提

离开一个地方不需要理由，就像重返一个地方亦不需要理由一样。

坐上去阿瓦提的班车时，我还是认真想了想，要不要去？因为时间实在太紧张了，只有一个下午和晚上，明天大清早就要赶回阿克苏，中午的机票已经在手里了。

我想是因为惦记着慕萨莱思（新疆特产，一种酿造的葡萄酒），促使我在一年后，一个人又来到了阿瓦提。

这一次没有人陪同，原本也是想一个人走走。少了热闹，刚好多了一份我想要的自在。

车子拐出阿克苏市不久，就驶上了乡间的柏油路，路两边是高大的白杨树。树林里蓄满了水，水面上躺着落下来的叶子，还有不多的鸭子和鹅在戏水，再过去是一望无际的田野。不知是因为深秋，还是接近黄昏的缘故，远处的田野和树木笼罩着一层淡淡的烟雾，田间还有晚归的农民慢慢地走着。这些景致就像一幅水墨画，毫无遮拦地在面前铺展开来，叫人不由得感觉亲近了许多。尽管一车的人只有我听不懂维吾尔语，但丝毫不影响我的好心情，就像快要见到老朋友，心里有一份期待、盼望和欢喜。

说不清楚为什么，一踏上这片土地，就有那种久违了的熟谙，感觉整个人放松下来。车上的电视在放搞笑的小品，淳朴的维吾尔族大叔大婶们开心地笑着，车厢里很热闹。我的心就在这时慢慢变得安静下来，已经可以看见阿瓦提的街道了。

背着行李走进棉城宾馆时，在大厅门口又看见了那个漂亮的古丽，朝她笑了笑，不顾她一脸诧异，我径直向110房间走去。服务员好心提醒我有会议，一楼会很吵，我微笑着谢过她。因为住惯了，不想换了。

简单的洗漱过后，我走在通往刀郎广场的街道上。不同年龄不同民族的人们走来，又擦肩离去。我置身在人群中，却与他们没有任何关系，这个感觉有点儿特别。广场上空放着歌手刀郎的《冲动的惩罚》，他沙哑而略带沧桑的嗓音极具穿透力，隔着一段距离就听到了。

已经是黄昏了，广场上的人还是那么多，有锻炼身体的，有偏坐一隅窃窃私语的，还有小孩子跑来跑去嬉闹的。我站在那里不说话，也没有人可以说话，感受着人来人往的气息，用旁观者的身份，审视这个小县城，也审视自己的内心。

这个南疆的小县城，曾经凝聚了我太多的悲喜。为了写《刀郎记忆》我多次来阿瓦提，最长的一次住了三十天左右。

我跑遍了县里的几个乡，看刀郎后裔打猎，到沙漠寻找刀郎首领艾合坦木的墓地，探访刀郎老艺人，观看刀郎人烧煮慕萨莱思的过程……每天都被安排得很满，每天都在接触新的事物，虽然辛苦但很快乐。

最后有一段时间，不知为什么，怎么都找不到感觉。当时《刀郎记忆》的大部分已经写完，该结尾了，我却一个字儿也写不出来。

那时我就住在棉城宾馆的110房间，我整夜整夜地听许巍的《完美生活》，也是在那时我学会了喝酒，喝那种叫作慕萨莱思的酒。一个月的时间，我跑遍了阿瓦提县城所有的刀郎小酒馆。

最后一次来阿瓦提的我，一改过去不沾酒的习惯，因为要写慕萨莱思，不喝是没有体会的，我这样为自己辩解。在阿瓦提的夜晚，如果我不在刀郎小酒馆，就一定在110房间独自痛饮慕萨莱思。

记得有一次慕萨莱思带来的眩晕让我忘了回宾馆的路。午夜时分，我站在阿瓦提一条不知名的街中间的红绿灯下，恍惚中你就在眼前，可当我想走近看清你，一转身，你就不见了。而我一个人孤零零地站在马路中间，昏黄的路灯把我的影子拉得好长好长。看着这孤单的影子，大脑突然有片刻的空白，不知身在何处。

是我的幻觉吗？就在刚才，还在说笑的你，仿佛从来没有出现过，而我不知道自己该去哪里，我突然不知道，该向左还是向右。

那一刻，我完全没有了方向感。有人说爱在左边，那就向左走吧，可我的爱人已经走了。那就向右走吧，转向右，沿着马路漫无目的地向前走。我一直在想"爱在左边"这句话，可我清楚地知道自己在向右走。我离爱人越来越远了。

这些过往的片段和画面在眼前不断地闪来闪去，让我说不清自己为什么还会再来阿瓦提。

现在想想那一段日子真的很纯粹，很自我，不管交稿的期限，借着慕萨莱思的醉意，自由地抒写自己的情绪。"连写的文字都带着慕萨莱思的味道"，朋友这么说我。好在于数次酒醉中《刀郎记忆》终于写完了，可以交差了。

可是那些悲喜，那些欢笑和泪水都尘封在这里，仿佛早就等着我的重返，蓄谋已久地在这一刻袭击我。

这个小县城既陌生又熟悉。在这里，除非自己愿意，没有人会强迫你讲述过往。曾经的热闹、繁华、落寞和失意都是自己的内心世界而已。站在这个曾经来过很多次的广场，我幻想一切仿佛可以重新开始。

夜深了，有了些许的寒意，广场上的人少了许多。我凭着记忆走向离我最近的一个刀郎小酒馆。告诉自己，今夜且醉吧，明天又要赶路，不知身在何处。

可可托海的人和事

　　一个地方老是吸引着你去，除了风景，一定还有人。仔细算起来，这几年去可可托海镇有七八次了。每一次来到可可托海，除了明艳的风景，人也让人难忘。

　　第一次到达小镇的时候，我惊讶于这里的安静和恬淡。小镇小到只有一条十字街的繁华，街上很安静，间或可以看见有人骑自行车驶过，偶尔有穿着中山装的男人来来去去。街上几乎没有车，行人也少见。寥寥的几个小贩似乎也从不吆喝生意，好像他们只是在看守那些为数不多的商品。

　　沿街一溜儿平房是商店，走进十字街头最繁华的那家商铺看看。

　　阳光从窗外投射出一道光柱，斜斜地照着磨得发亮的水泥地面，透过光柱可以清楚地看到地上的水汽慢慢地上升，空气里激荡着灰尘。破旧的柜台外面摆放着酱油、醋、清油坛子，柜台里面是自行车轮胎、塑料盆子、水果糖、卫生纸等。空气里有点儿甜，有点儿酸，有塑料的味道，有说不清楚的作料混合的香气，也是我小时候熟悉的那种供销社的味道。柜台后面那个有着红脸蛋、青春痘的店员，透过斑驳的阳光，看着我略显茫然的表情，有点儿莫名其妙。商店里还有三个人，一个斜倚着柜台的外面，另两个靠在柜台外堆放的货物旁，没有一个人说话。一刹那，我好像回到了过去的年代里，又仿佛看一个超现实的默片片段。

懵懵懂懂中，回到街面上，阳光刺眼，仿佛隔世。道路很清洁，可能是因为单纯的生活产生不了多少垃圾。通往可可托海国家地质公园的路边有一溜儿不起眼的平房，却都写着"××宝石标本"等店名。

后来几年里，又来过这个小镇很多次，但每一次到达小镇，都有掉进时光隧道的感觉！

来到这个宝石之乡，是一定要买宝石的。街面上大多是低矮的平房，一间一间小小的门面，都是"宝石标本""宝石陈列"等招牌。别看是些不起眼的小店，但店里都出售着各种宝石项链和戒面。这些首饰的做工和宝石的切割工艺不是太好，但却实实在在都是真货。店主有时高兴了还会随手拿出些品相不好的绿柱石、红碧玺送你留念。

可可托海出产的矿石中很大一部分是珍稀矿，这里的居民很早以前就知道矿石的"灵气"，知道有的矿石会让人生病，有的矿石会让孕妇舒适。时至今日，他们对很多矿石还能凭直觉认出是"好石头"还是"坏石头"。捡到了石头，有的直接卖给游客，有的就放在小店寄卖。

那次陪朋友老A来，我们一起去了当地最大的宝石店。进去之前，向导说这家宝石店有好东西，但价格有点儿贵，让我们先看看，砍了价再买。宝石店的老板是浙江来的，据说已经在这里做了十几年生意，对这里矿石的了解比本地人还门儿清。

门面特别不起眼，进来才发现别有洞天。店小，但东西很多，墙上的架子上摆满了各种形状的石头，大约就是宝石标本吧！柜台里是加工好的各式各样、色彩斑斓的宝石颗粒，透过玻璃柜台看过去，耀眼夺目。

老板从背后拿出一块灰黑色的石头，神秘兮兮地递给我，一定要我握着感觉一下。在他诡秘的微笑下，我握着石头的手，感觉有波纹一样的力量一圈圈蔓延开来。疑惑间，老板偷笑道："它可以释放对人体不好的辐射，你感觉到了吧？"我赶紧放下这个怪异的石头。可是紧接着，他又拿起一块放在我的手里，说："这个石头可以吸收刚才那个石头释放出的不好的辐射。这样一来，刚才不好的辐射就被这个石头化解了。"看着他神神道道的样子，我将信将疑地将其握紧，渐渐地满口生津，突突的心跳慢慢恢复了平静。

我惊魂未定地重新打量这个店。不知道是不是心理作用，这个店怎么看都有点儿诡异，但又说不上有什么不对劲。待的时间长了，我的心跳得有点儿快起来，还有点儿喘不上来气的感觉。

老A第一次来新疆，看什么都新奇，拿起这个看看，拿起那个瞧瞧。不一会儿他已经挑好一堆黑色碧玺和戒面，要掏钱买了。曦曦拉我过来讲价格。"我不讲价格，石头都是好的，各有各的作用，这个价格已经很低了，你买不买都是这个价！"老板很是硬气，刚才介绍宝石的好脾气没有了。我们又纠缠着杀价，他依然是毫不买账的口气，还一股脑儿把柜面上老A挑好的碧玺和戒面都收了回去，急得老A赶紧掏钱。

如此这般我们也就不再固执讲价了。付了钱，老A拿上了自己喜欢的石头，在手里把玩着。老板像是遇见了知音，告诉老A这块石头拿回去后要摆在办公室里，可以净化空气。说话间老板转身拿来一块黑色碧玺送给了老A。在店员包装石头的间隙，我们都围着看老A的战利品并称赞着。老板居然又拿出两块矿石，仍说要送给我们。我们瞪眼看着这个老板，但他很固执地一定要送。老A有点儿不知所以然地收下了。

我拿出相机，把老A的黑色抓绒衣垫在玻璃柜台上拍宝石。老板很配合，拿出那些已经做好的戒面，让我拍了个够。但我举起相机想给他拍照片时，却被他严词拒绝了，没有一点儿通融的余地，我只好作罢。

出了店，长呼一口气。刚触摸石头时的刺痛感似乎仍在，我赶紧又握紧了那块可以化解的黑色电气石。五行，行行相生，行行相克，五行之初，天地之始，五行循环，万物循生。由于五行间相生相克作用，天地万物才能得到动态的平衡，万物有灵，生生不息。由不得你不相信那个老板的理论，他能了解石头的相生相克之理，仔细想想他刚才种种诡秘神态，觉得他倒是有些身怀绝技的高人的味道了。

我们都感觉这个有点儿个性的店老板前后送的碧玺也有好几百块钱的价值了，但先前怎么和他讲价都没有用。在这个小镇，都是些奇怪的经历，这也是一个有趣的人吧！

以前来这里，我们都是自己搭帐篷，睡睡袋。就是那次和老A来可可托海，他这个新加坡人提出一定要体验一下当地的民俗，要求住毡房。我就是那次接触到了景区一户哈萨克族人家。

男主人是标准的哈萨克族牧民。可可托海景区被开发以后，来游玩的人多了，虽然带来了垃圾，但也带来了金钱。他不怎么去侍弄羊了，谈好报酬，羊交给别人放牧。他带领孩子们搭了三个毡房，接待来这里游玩的人，给人提供食宿。他老婆充当厨娘，给游客煮肉、做纳仁（新疆特色餐食，多由马肉等搭配面条组合而成）、烧奶茶，孩子们给他打杂、当招待。这样忙碌一个夏天，收入比放羊多。到底多了多少，这个哈萨克族汉子憨憨地笑着，没有说。

闲聊了一会儿，他说今天另外两个毡房都已经预订出去了。当我们正在和国家通用语言（简称"国通语"）说得不利索的男主人谈价格的时候，又有人来找他联系住宿的事宜，我和曦曦对视一眼，就不再杀价了。

吃晚饭的时候，还有人来找毡房住宿，听得出有的人以前来过他们家，和他是相熟的，看样子他们家的毡房很受欢迎。夜宿毡房，那是一个收拾得很干净的毡房，白色的毛毡一条条地搭建成了挡风的墙壁，正头顶的地方留出了一片尺方的空隙，可以看见外面闪耀的星空。有点儿担心夜里落雨，主人家让我们放心，下雨的话可以把旁边的一块毡子盖上，不会淋着的。

男人一边，女人一边，我们像游牧的哈萨克族人一样，睡在毡房里比地面稍高一些的木榻上。一夜安眠，无梦，沉睡。早晨醒来居然很舒适，在这个简陋的毡房里，竟有了久违的安心睡眠。

毡房外，哈萨克族女主人正在晨曦中煮着奶茶，淡淡的奶香随着木柴味儿弥漫在帐篷周围，恍然觉得这就是米勒笔下的乡村风景，我竟成了画卷中的游客了。问起女主人她的家在哪里，女主人黑里透红的脸上满是自豪，直直地指着自家的毡房：那就是我的家。猛然一惊，在她的心里，这个随着季节和水草不断搬迁的毡房就是她的家，心灵依归之所。那么，我的家在哪里呢？似乎只是一个街道上的一个号码、一个城市里的一百个平方。想起很久以前读过的一本书，寒冷的旅人互相谈论世界上最温暖的地方，有人说火山，有人说赤道，只有一个人说：是爱人的心里。

在游牧的哈萨克族人心里，有水草、牧羊人煮奶茶的地方就是家，就是最温暖的地方。

据说在草原上至今仍保持着一种风俗，常年在外面放牧的男人，只要看到了毡房都可以进去喝茶、吃饭和休息，不必付任何酬劳。看守毡房的女主人会热情招待客人，因为她知道，她的男人在外面放牧困了累了的时候，也会希望有毡房主人这样招待他。"老吾老，以及人之老；幼吾幼，以及人之幼"在这里得到了最温情的诠释。

逛遍了神钟山、温泉等景点，我们都饿了。可能是这里水的缘故，在可可托海，饿得特别快。我们想吃正宗的哈萨克族美食。

树林深处的一个毡房正冒着炊烟，于是我们走进了这个毡房，说明来意后，家中的女主人一言不发地走出了毡房，用哈萨克语朝河对岸喊了几句。不一会儿便有一位脸膛黑红的男主人风尘仆仆赶了羊回来，和我们打了招呼就去羊群里挑羊，拎了来，用不流利的国通语说："没有结婚的羊娃子，嫩得很！"惹得我们一阵大笑。

　　盘腿坐在帐篷里，几碗醇香的奶茶下肚，热气腾腾的手抓肉就上桌了。按哈萨克族的风俗，由家中地位最高的阿嘎（意为"大哥"）为我们分肉。分肉的刀也是有讲究的，那把看起来油光锃亮的尖刃弯刀被地位最高的男人在来了远方贵客的时候用来分肉。一边刀光闪闪地分肉，一边嘴里还在念叨着传统的分肉仪式上的说辞。不一会儿煮得熟透的羊肉便被分成了大小不等的肉块，这番场景不由让我想起了《新龙门客栈》里那个伙计的做派，不禁偷笑。笑完后不得不承认，山中的羊肉嫩而不膻，肥而不腻，配着洋葱丝、细盐，虽然简单却无比鲜美。

　　吃了几块扎扎实实的羊肉，害怕喝酒，我就偷偷溜了出来。夕阳里，一个年轻的哈萨克族女人在挤牛奶，我去毡房里拿相机，被老A看见了，他也拿了相机出来。等我们"长枪短炮"对准了挤牛奶的女人，原本娴熟地劳作着的女人有点儿羞怯起来。两个哈萨克族小孩子跑了过来，先是站在一边看我们拍照，一会儿就跑前跑后围在我们的镜头前，脸上脏兮兮的，笑容却很灿烂、阳光。不由得把镜头对着这两个孩子，拍完他们的小脏脸，再给他俩看。看到镜头里的自己，小孩脸上有一点儿羞涩、开心和神秘不解的困惑。看到老A掏出扑克变魔术，孩子们更好奇了，围着老A开心大笑。"狡猾"的老A赶紧举起相机，大光圈地抓拍了几张近距离的人像。

　　就在我们要走的时候，两个孩子含糊不清地嘟囔着什么。我们没有听明白，一旁的大人难为情地呵斥他们，孩子们毫不畏惧地还在嚷嚷着。仔细听去，好像是在要东西。旁边的朋友忙掏出牛肉干、糖果等递给孩子，孩子们一把抢过，笑闹着跑开了。

在哈萨克族传统的观念里，热情好客、待人真诚是本性。对登门投宿的人，主人都要拿出最好的食品招待，尤其是在牧民眼中，太阳落山的时候放走客人，是奇耻大辱。

我们都走出了一截子，回过头去看，那对年轻的父母还局促地站在帐篷前，紧张地扭着手指，满脸都是忐忑和不安。

和布克赛尔的云

我到云的距离是七个小时的车程，这完全是一次意外的发现。

这个夏天的七月，从我住着的乌鲁木齐坐上车，向西北方向驶去。看尽了戈壁和荒滩而昏睡，一觉醒来，就已经到和布克赛尔了。整个天空都是那种大朵大朵的云，安静地纵容着云、被云分割的蓝天是纯净的蓝。你会看见云影里的草原、那些牛羊和那个小小的县城。

午饭过后，那些层层叠叠的云终于汇聚在了一起，那些蓝变厚，变重。窗前有雨飘下来，和布克赛尔下雨了。是一些连成线的片段，午睡起来，也就停了。

雨后的草地泛起新绿，踩上去松松软软的，也并不湿鞋。空气中多了些青草的味道。阳光慢慢从云的缝隙里透出来，不强烈。天空中蓝的颜色越来越多，而白的依然是云，一朵一朵，仿佛从没有纠结，从没有下过雨。

许多事情的发生，其实极其偶然，也许就是我们内心的一个转念。是内心先有一种不平常的感觉，甚至一个突如其来的念头，就会导致辗转纠缠的过程，就会有那个仿佛有点儿意外的结果。其实，结果一开始就已经暗藏在我们的内心深处了。但又有谁会仔细考寻一路的痕迹？世界因为我们内心的变化而变化了，因为那个世界就是我们自己。人的世界是这样，云的世界也不过如此吧！

和布克赛尔的草原之大，更多的还是体现在距离上。和布克赛尔的一朵云到另一朵云有多远，这距离是以时间的方式存在的，而不是以长度计算的。夏牧场上的草被羊吃完了，秋牧场的草就一定没过马蹄了，到了秋末转场时节，冬窝子一定已经备好了一整个冬天的草料。

县城很小，开车一不留神就到了草原，可以看见散漫的牛羊在辽阔的绿地上吃草。那些草地如果在城市，是要让人们惊叹的。人们会给它们砌上围墙，会给它们浇水，会定期用割草机把长长的草割去。人们把草地变成自己需要的模样，尽管不是草地自己想要的样子，但城里的人是不太会去关注一棵草到底想怎么度过自己的一生这个问题的。

而在和布克赛尔，这些辽阔的草地是野性的，它们完全按照自己的意愿在生长，并且一望无际。这就给人们出了一个难题，你不知道要到哪里给它们砌墙。

天上的云想下雨的时候就会下雨，草长高了，羊自会来吃掉它。这些事情云、羊自然会安排好，不需要人的操心，人操心了也没有用。

县城被草原包围着，县城就有点儿不像个县城，也有了一些草原的脾气。街道虽然短且小，但不寂寞。那些马头琴，在黄昏时刻会响起，男人们婉转苍凉的长调，不是为了宣泄，只是为了思念。因为自己窈窕的身姿和爱人的笑脸，女人开始舞蹈。黄昏，那里的人们散步不是为了解闷，而是为了看晚霞，仅仅为了晚霞！

走在和布克赛尔的边防公路上，天空中那些大朵大朵的云，在风中变换着风姿，那是穷尽我所有的词汇也无法描绘出的绚烂姿态。一朵一朵，相挨着的，拥挤着的，牵扯着的，嬉闹着的，安静着的，像一个人注视着另一个人，一朵云注视着另一朵云。

在和布克赛尔我看到了太多的云，超过了以往三十几年所有我看过的云，仿佛把我这一辈子的云都看完了。这里的云，不似南疆上空那些流云，飘逸、轻灵，它们要更厚实一些，是那种绵密、厚实的白。在这里，蓝天的存在仿佛仅仅是为了陪衬大朵大朵的云，那种干净的蓝更显出云的白。和布克赛尔的云，是有层次的，在那独立的一大朵间，就有柔白、亮白、青白、灰白等许多颜色。很多不同的白混杂在一起，让我感到迷茫，难以分辨。这也许是一朵云离另一朵云很远的一个原因吧，现实和幻想交织在一起。

那些云是那么恣肆，那么旷达。这些在蓝天上的云，让我的心也跟着自由和狂野起来。

为什么和布克赛尔有那么多的云？有人告诉我，是北面萨吾尔山和南面哈同山共同作用下的和布克赛尔断陷盆地草原地势的缘故。来自东南准噶尔盆地和古尔班通古特沙漠的高温气流，在和布克赛尔上空遇见冷空气，形成暖湿气流，这应该就是理论上和布克赛尔县域上空多云的原因。但在这个夏天，我在和布克赛尔看到这么多云，其间肯定还有别的更重要的原因。

一朵云到一朵云，应该还有一种距离，在一个人抬头的仰望中。每次在我仰望天空的时候，其实是在看云，在盘算我离那朵云究竟有多远。一朵云和一朵云的距离究竟有多远？一朵云究竟要跋涉多久才可以遇见另一朵？哪一朵云有雨意？哪一朵注定要离开？或许草原上的萨满可以说得清楚这些天上的事情。

看得久了，会有幻觉，那些云仿佛在诉说着自己的过往和秘密。它们争先恐后地说着牧人走过山坡的寂寞、母羊生下小羊的喜悦、风吹过山头的孤单、仿佛没有尽头的飘荡的生活，以及那些爱和死亡。

车子翻过一道又一道山梁，仿佛没有尽头。天边也不过这样吧，人生也不过如此吧。

这是一个可以忘掉时间的地方，一个连自己也会被忘掉的地方。单独也不是不可能，只要有一刻相对，即使无语，云也就满足了。天上有那么多的云，却只有我们被风吹到一起，我们必然也可以依赖风聚在一起吧。幸福也不是不可能，只要我们要它，它就来了。那些阳光灿烂的早晨，那些慵懒的午后，那些深夜不肯睡去的细碎时光里，我们是幸福的。

我们是幸福的，离开那个在和布克赛尔的夜晚已经很久了，我想你也一定没有睡去。你应当坐着读书，或者在写信。写给我，也写给你自己。

为什么一定要在相隔一段距离的时候才开始思念，为什么我永远也无法企及一朵云？

唱完我所有会唱的歌，直到再也唱不成调，我开始沉默。

　　星空下，树林显得影影绰绰，夜开始深了，星星都已经疲倦了，要回家睡觉了。我的心在那一刻开始下沉。没有什么是可以把握的，没有什么是可以留住的，哪怕是这旅途中的最后一个夜晚。

　　终于要离开了，心里竟有些舍不得这么美好的夜晚。摘下一枚还没有成熟的果子，放在你的手心，我对你说："这是我送给你的信物，收好。如果十年后你还记得我，就拿着它来找我。"说完自己也感觉孩子气，不由得笑了，却见你拿起果子放进嘴里，嚼碎，咽下了肚。

图木舒克散记

凌晨三点起床，去广州白云机场乘坐六点的飞机。经过五个多小时的飞行，到达阿克苏红旗坡机场，等待转机，接着听到飞机晚点的通知。三个半小时后，耐心就要消耗殆尽的时候，终于传来空姐通知登机的消息。又坐了一个多小时，才到唐王城机场，也就是目的地图木舒克市。

要去一个从没有去过的城市，让我感到愉快、激动和好奇。然而，一整天都在旅途中，很辛苦。

等待行李的时候，内心开始后悔这次出行，身体疲惫不堪，想着晚上早一点儿睡，补充体力。一出机场，天空高远、蔚蓝，马路两旁绿化带上的白杨树叶子金黄。凉爽的小风吹过来，通体舒泰，这才感觉一路的辛苦好像都是为了这一刻。

晚饭后已经十点半了，没有人想着去睡觉。我们在街头散步，空气里弥漫着烤馕的香味。寻着味，来到一家馕店。小小的屋子里，三面都是实木做的货架，上面摆满了一摞摞馕。老板用磕磕巴巴的国通语热情地介绍着：玫瑰花馕、辣皮子馕、皮牙子（洋葱）馕、牛奶馕、肉馕、葡萄干馕……我好奇馕坑在哪里，老板请我们出了小店，进到左边一个小门里。有人在和面，有人半蹲在台子上，手持铁钩子，正弯着腰从馕坑里往外捞馕。原来这里才是烤馕的现场。

刚出馕坑的馕还烫手，掰一块，放进嘴里，那种久违了的心满意足，让我这个新疆人觉得今天十几个小时的旅途都是值得的。

胡　杨

还没有下车，就看见远处的金色胡杨林。要走到胡杨树下，还有一小段路。看着不远处成片成片的明亮的黄叶子，让人不由得激动，想要欢呼，想要喊叫，想要跳跃。小路蜿蜒，走过去就是胡杨林，地上也是掉落的叶子，有枯黄的，有明艳的。抬头再看树上金黄的叶子，在微风吹拂下，簌簌地响。树冠上千千万万片浅黄、淡黄、明黄色的小叶子，在阳光的照射下，闪闪发光。这一刻，我的心好像也在闪闪发光，不由得想笑，不由得愉悦，多么美好的下午啊！

地上是厚厚的虚土，是泛着白色的碱土。一层一层落叶，掺和着掉落的小树枝，脚踩上去会腾起细细的沙尘，松松软软。有时会一脚陷下去，惊动树叶下的蚂蚁和不知名的小虫子，四散开来。

左边那棵胡杨树和别的树不太一样，高高的树枝上结满了树子，一串串的，似很小很小的棉桃，有的裂开了口，可以看见里面有白色细小的絮。上亿颗小小的如蒲公英似的种子正随风飘舞。它们遇到了什么又停止了飞扬，一串串的树子留在了树上。是风不够大吗？还是种子没有完全成熟？我围着这棵古老的胡杨树走了一圈，拍了几张照片。

仔细看地面的落叶中也散落着很多细小的种子，胡杨树的顽强，也和它种子的众多有关吧。据说胡杨的种子会随风飘到很远的地方，但只有落在洼地有水的地方，种子才能生长，存活下来的极少。胡杨依然年复一年地发芽、结籽、漂浮、扎根、生长。

寂静的树林，因为一群人的突然到来，一下喧闹起来。有人拍视频，有人拍照片。天空清澈、高远，高大的胡杨树叶子金黄，低处的红柳开出鲜艳的玫红色小花，远处有惊飞的小鸟。世界那么大，那些千千万万的人，只有我们一行人会聚在此。在这个阳光灿烂的下午，在这空旷的胡杨林里听虫鸣，看红柳开花，看阳光下一树透明的胡杨叶子。这一切都是那么真实，却又如同幻境。

咔嚓咔嚓

从正午到黄昏，我们都在戈壁滩里闲逛。

大家徜徉在荒漠里，在戈壁滩中，看着远处成片枯死的胡杨树和地上的风滚草，仿佛他们人生中从未看过如此盛大的场面，仿佛他们正在经历着世界奇迹。

有的人蹲在地上，看蚂蚁排成一队，忙碌地跑来跑去；有的人站在枯死的胡杨木前面研究树龄；有的人找到一个好的角度，拍照留影；有的人捡起一片金黄的胡杨树叶，夹在随身携带的书里，准备带回家乡；还有的人找到一小截胡杨木的树枝，看看能不能做手杖……

我和身边的女孩发现只要脚踩在发白的盐碱地上，板结的土层碎裂，就会发出"咔嚓咔嚓"声。不是所有的地面都有声音，只有踩在没有被人踩过的地方才会有这种声音。这个发现让我们快乐，我专挑没有人走过的地方去走，咔嚓，咔嚓。地上是散乱的脚步，心情愉快。咔嚓，咔嚓，声音在我耳边响起来。咔嚓，咔嚓，声音留在心上。

我拿起手机，录了一段小视频。画面上，是黄昏阳光下的盐碱地，只有一双穿运动鞋的脚在朝前走，可以听到人的呼吸声，轻微的风声，土层碎裂的声音，最大的是"咔嚓咔嚓"声。

滚 沙 子

白灰色的细沙，铺展开来，远处是刀锋一样的沙梁。光脚踩上去，细沙触到脚上的皮肤，感觉很特别。很多年都没有光脚走在地上了，柔软的沙子，踩上去，沙子从脚趾缝里挤出来，还没有等拔出脚迈向前，脚面已经深陷下去了，费力拔出来，迈开一步，又陷下去，身体不由得歪歪扭扭。如此走一步需要费比平时大很多的力气，因此走不快。一群人很费劲地向前走，却是很好玩的样子。一步一步，终于走到高处，走到沙梁的"刀锋"处，面前是一个巨大的沙坑。大家相挨着站着看向坑内，坑巨大，呈半圆形，坑底距我们站的"刀锋"处大概有三四十米。一个人蹲下来，侧过身，翻滚了下去。大家惊呼起来，不是因为紧张，而是好玩。又有一个人像前一个人那样滚了下去，引得大家又是一阵大呼小叫。滚下去的人，缓慢地在斜坡上翻滚着向下，滚了三四个滚，也就停住了，并没有到沙坑底部，顺手划拉一下，作势向坑底再滚下去。站在"刀锋"上的人看着他们翻滚，感觉他们好像很享受这样的运动，自己也感受到释放的快乐。于是严肃的不再严肃，矜持的不再矜持，有人蹲下来研究着，比画着，跃跃欲试地也想这么滚一下。可还没有下定决心的时候，身边的人从旁轻轻一推，于是就顺势滚下去。这种被推下去的引起大家一阵欢笑，于是"刀锋"上的人，不再看向坑面，而是相互看能推谁下去。结果，你想推我下去，我想推你下去，老老少少一群人，忘记了年龄，忘记了羞涩，忘记了身体，欢乐地闹腾起来。巨大的沙漠里，寂静无声，因为这一群人的到来，也欢乐热闹起来。

先前滚下去的人，这会儿已经从侧面又爬上来，接着走到了"刀锋"处，准备再滚下去。每个人都被这个沙坑吸引着，没有滚下去的人，躺在"刀锋"旁边的沙子上，在平地上翻滚一下，也很欢乐。现在"刀锋"也不再锋利，而是被大大小小的脚丫踩成了一小片平台。这个沙坑成了欢乐谷，大家都放下了什么，好像又回到了童年。不太相熟的人，也因为在沙坑里滚了一滚，变得熟悉起来。开心的欢笑声传出很远，虽然远处还是大片的沙海，还是看不见一个人，但好像天地都跟着我们滚沙子热闹了起来。

水

见过黄河的水、长江的水，见过额尔齐斯河的水，见过很多大大小小的湖泊和江河，但是在图木舒克见到阔大的水面，感受是特别的。这里有一望无垠的塔克拉玛干沙漠，有万山之祖的昆仑山、风光旖旎的帕米尔高原、绵延百里的原始胡杨林，谁能想到这里还有西北地区最大的平原水库。

高高的芦苇，在水边随风摇曳，远处长腿的白色水鸟，瘦高的身形袅袅婷婷。面前是一眼望不到边的水域，开阔、浩大，像是湖，像是海，谁能想到这只是个水库呢？沙漠边上的城市图木舒克，因为有这一片水域，灵动起来。

天空晴朗，阳光灿烂，微风吹过来，水面波光闪耀得让人不能直视，心情不由得旷达愉悦起来。面对宽阔的水面，我的心总不能平静，会想到很多久远的人和事，会想到爱和美好。

风 滚 草

盐碱地的戈壁滩里有胡杨，有红柳，还有风滚草。有一些风滚草正在移动，可是凸凹不平的地面，枝枝蔓蔓的枯草，都来阻碍它的行动。它没有办法自由自在地飞行，也就无法大面积地生长，更不会成为灾害。荒漠戈壁中，它的生长和移动，反而让人感叹生命力的顽强，敬佩它蓬勃的勇气。

风滚草的生命力和繁殖能力都很强，在戈壁里几乎随处可见，也被称作"流浪汉"或"滚草"。风滚草有弧形的根茎，叶片是条状或者丝状，叶条很细，花是刺状或者条状的，果实为球形。

风滚草长条形状的叶子，是可以吃的，我也未能免俗地摘来放进嘴里，觉得涩味重，还有点儿酸，不是很好的食物选择。如果不是被困荒漠，不是生命受到威胁，是不会有人拿来食用的吧，毕竟大多数人喜欢的滋味不是苦涩。

风滚草在干旱的时候，它的根部会从土里收缩起来。脱离土壤死亡之后，它的枝条会干燥从而变轻，枯黄的枝枝蔓蔓，盘绕成一大团，呈圆球形。

只要有风，风滚草就可以随风滚动，来一场说走就走的旅行。在滚动和弹跳过程中，它会将种子播撒在路上。等找到合适生长的新环境，种子会重新生长出新芽，也会开出玫红色或者淡紫色的花朵。它们不惧怕干旱，生长中会把根系深深扎入地下，吸收更多的水分。当秋冬季到来，风滚草要结束它们一年的寿命，根部位置变得脆弱。当风袭来它们就整体地随风飘荡，遇到了房屋窝风的地方就聚集起来。

滚动中的风滚草正在完成它人生中最后一个任务——繁衍后代。作为植物，在没有其他动物协助的情况下，只能靠着自己把种子传播到远方，但是它们又不能像蒲公英一样，让种子随风飞翔，因此就只能自己带着种子去寻找新的生存之地。

网上有些鸡汤文字中，会写到风滚草的坚韧顽强。其实，风滚草随风而动的旅程，终极目的是传播种子繁衍后代，这也是它们高超的繁殖策略。实际上它们在死亡后就像是一个躯壳，不会再次复活。当然任何物种都在用自己的办法在地球上生存下去，风滚草只不过采取了一种高效的繁殖策略。但一切都是随机的，一路上它们只管传播种子，是否会生根发芽就看当地的自然环境了。好在它们的种子众多，据说一株普通的风滚草就会携带大约二十五万颗种子，它们随机播撒，总会有些生根发芽。即使面对干旱条件，种子暂时发不了芽，它们也会进入休眠期，静待时机的到来。

在美国的一些西部大片中，风滚草出场率极高。这种简单不起眼的植物也有可怕之处，它们滚动起来，不仅仅堵路，有时候还会把房子埋起来。人们拿着工具去清理它，消灭它，可是它们本身又有什么坏心思呢？

风滚草作为一种被子植物传播种子也很难，没有动物愿意接近风滚草，种子无法进行传播。在进化的道路上，它们就选择了这种特殊的繁殖策略。

杂　草

路边的绿化带上长着一蓬野草。它和种植的草皮及其他植物不同，因为视线前后一百米之内，只有这一处有它在繁茂地生长着。视线内的绿化带中都是规划的植物，它是野生的。因为等人，也因为无聊，它的葳蕤吸引了我的目光。小小的椭圆形叶子，密密匝匝地把枝条都隐藏了起来，看不到枝条，一眼望去都是叶片。仔细看，也有零星的小花开在更小的枝条上。花瓣比米粒也大不了多少，花瓣连着花蕊的半段是粉红色，另外半段是白色，好像花开的时候充满了热情和能量，开着开着，用尽了力气，也没有了心劲儿。我拍了一张有花有叶的照片，在拍照识别植物的软件中没有找到它的名字。我把照片发给一个对植物有研究的朋友，向她求教。过了好一会儿，她发来语音说她也不认识，很多杂草在识别植物软件中也没有答案。

"那要到哪里找答案，谁能知道它的名字呢?"我问。

"也许有关新疆植物的图鉴书里有答案，也许研究新疆植物的专家会知道。"她说。

"可我现在没有植物图鉴，也不认识专家，现在我就是想知道它的名字。"说完，我有些沮丧。

电话那头，过了一会儿她才说："自然界有很多植物，还没有被人类认识，也许你看见的这种小花，它就没有名字，人类还没有给它命名。你观察它的叶子、枝条、花和花蕊的形状，闻花的气味，如此也是和它相识一场呀，你可以自己给它命名，它就是属于你的啦!"

挂掉电话，我想着关于命名的事情。抬头看天，很蓝，此刻是晴朗的正午，阳光很灿烂，照得人眼睛睁不开，我的心情一下也释然了。是啊，这个中午，我在图木舒克的街道上和它相遇，不是为了寻找它的名字。也许相遇就是为了相遇，就是为了和它待一会儿。

托克逊的苍耳

从团场到城市已经二十年了，可是越来越觉得自己在一种疏离的状态——既回不到团场，也进入不了城市。这样的日子像一束塑料花，徒有花的形状却没有心神。

纸媒还在鼎盛时期时，我是杂志社的记者。繁花似锦也好，人声喧闹也好，都是假象，都是别人的事情。我自己呢，我自己在哪里？我是突然之间感觉到时间的残酷的。不能这么过下去了。这样想着时，内心便有种紧张感。快要四十岁的时候，我突然惶恐起来，觉得时间过于残酷，衰老太快。一切还没有开始，我就老了。因为这个原因，我辞职回家读书和写点小说什么的。

我的性格里面，更多的是一些矛盾的方面，在一些事情上我坚硬坚强，可是在更多的事情上，我又软弱颓废，缺乏坚定的意志。日常生活中，我常常犹疑、懒惰，更喜欢幻想和神游，因为这些原因，我深陷生活中的琐屑，仿佛是一种围困。通过浅尝读书、写作，我对世界怀有的惶惑乃至绝望的心情得以抚慰，同时也获得了对这种心情的理解。

以前也读书，那时候主要看个热闹，看个情节，并没有去想作者为什么这样写，为什么主人公要做这件事，为什么他是这样的，而不是那样的。现在有了大把的时间，看书倒是审慎了不少。读书的兴趣变得很小众，看书的速度也慢了下来。薄薄的短经典系列丛书中的一本，每天都在翻着看，可以看上半个月。暗自揣摩这里为什么这样写，那里是怎么起承转合的，这个小说结构有什么好，为什么是这样。我把太多的时间用在了读书上，从一个业余读者变成了专业读者。几年过去了，我依旧是读者，同时也是一名作者。为了写得更好，只能越发拼命看更多的书。偶尔一抬眼，才发现好几天没有说一句话，没有人跟我说话，我也没有跟谁说话，语言的功能几近丧失。早上太阳照在客厅的大阳台上，我在沙发上看书，下午太阳照在书房的窗前，我在书房的桌前看书。

这样的日子好是好，可是却缺乏生活的现场感，没有了想象的空间。坐在书房里想象一朵花，和面对一朵花进行想象是完全不同的况味。前一种只是通常的有限度的想象，而只有后一种才是实实在在的想象，它让你置身现场，五官不由得打开，嗅觉、听觉、触觉都有了感应。这是一种活色生香的、生猛的、在现场的想象。

我是在托克逊的杏园里才认识到这一点儿的。

那一天，我们几个人在托克逊闲逛，有人提议去杏园看看。其实当时是秋天，既没有杏花，也没有杏子，也许有杏干？怀着这样的期待，我们一行人去了位于南湖的杏园。

这个杏园除了保证杏树正常的开花、结果、收获等种植产业流程，还是一处参观地。春天最早来到这里，整个新疆，这里的杏花开得最早，夏天杏子熟得也是最早的。乌鲁木齐的人会开上车来这里感受春天，看杏花，政府每年也会在这里举办杏花节，因此杏树的两边修了木栈道。走过长长的栈道，顺着小路一直可以走到杏园的深处，路边的野草茂盛。

同行的人一起走在秋天的杏园里，下午的阳光照得人暖洋洋的。刚吃过饭，大脑有点儿缺氧，我有点儿昏昏欲睡，有人的兴致却正好："你看这个是苍耳，枝叶已经干枯，浑身长着密实的刺的种子也干在枝头上，把这个种子摘下来，可以治疗鼻炎；旁边这个一边在开花一边在结果的是龙葵，俗称老鸹眼，它的小黑果实可以吃，也是一味中药；密密匝匝爬满了一面墙的是鹅绒藤，你看它的种子是白色的……"

这些植物都是新疆大地上常见的，通常我对此视而不见。我在她的一一指认和讲述中明白：原来龙葵也叫老鸹眼，我小时候是吃过它的果实的；原来那个种子浑身带刺的纺锤形的植物叫苍耳，小时候我叫它骆驼刺，这个错误一直延续了近四十年，直到今天我才明白，骆驼刺是另一种植物；长满刺的、看似不友善的它其实是一味中药，种子炒制后浸泡香油，是治疗鼻炎的偏方。

小的时候，总有调皮的男孩子把满身是刺的种子粘在小女孩头发上。因为苍耳通体浑圆两头尖，呈橄榄形，身体都是卷刺，可以钩在任何非光滑的物体上，粘在身上非常难以去除。据说最开始飞行员的衣服没有扣子和拉链，就是根据苍耳的原理发明了粘扣。

每年夏末秋初，只要穿着廉价的尼龙裤子上教室后面的渠道边溜达一趟，裤腿上就沾满了苍耳。苍耳是一种很强悍的植物，它有宽阔的、巴掌样的叶子，比一般植物的绿颜色淡，太阳光下显得白花花的，而枝干又极其强壮。因此总是高高地从各色的野草中那么直挺挺地顶出来，然后肆无忌惮地让它的大叶子争抢宝贵的阳光。也许正因为如此，它的果实才会结得那样"疯"？

记得有一本科普书叫《小刺猬和小伞兵》，说的就是苍耳妈妈和蒲公英妈妈传播种子的故事。苍耳的果实呈枣核儿形，但比枣核儿胖，身上布满了带有倒钩儿的刺，这种刺不太伤手，但是一旦挂到衣服上想摘下来，倒是不容易。这种伎俩原是用来传播种子的，苍耳粘在野兽或家畜的毛皮上，让它们把这些种子传播到远处。

可是在我小时候，因为物资的匮乏，男孩子把它们当作"弹药"，用于课间的游戏。苍耳被大把大把地相互扔着玩儿，直到挂满一身才嘻嘻哈哈地上课去。记得小时候，有个男孩子把一把那种特老特硬的苍耳揉在女生头发里，最终被"追杀"至男厕所不敢出来。

我是幸运的，苍耳是幸运的，我终于纠正了错误的认识。可是在我以往的记忆里，还有多少弄错了的植物和其他事物呢？未来的某一天，它们是不是会因为某种机缘巧合——来到我的面前，让我可以改正自己的错误呢？

我回家还真去查了中药书，得知苍耳果然有通鼻开窍的功效，能治疗各种慢性鼻炎、鼻窦炎。

后来，一位中医朋友告诉我，他在学医的时候，曾拜访过一位家住昌平北山的老中医。老中医喜欢采药，以前他经常在苍耳的茎秆中捕捉一种专门吃苍耳茎髓部分的小蠹虫。这种蠹虫外形酷似小蚕，它终日以苍耳为食，久而久之自己也成了一种良药，谓之"苍耳虫"。把它焙干了研成末儿，拿纯正的小磨香油调了，敷在疖子、溃疡、恶疮上，能解毒消肿，堪称神效。

老中医告诉他，只要看到苍耳茎秆的节子处有小洞眼儿，就把它砍断，破开，里面的小虫就到手了。我问朋友，你按这个方法找到过那种小虫子吗？他说他曾在无数的苍耳秆子上寻找那神秘的"妙药小虫"，但却一直没有找到。直到从医科大学毕业都五年了，他遇到了一位植物学家，才知道时过境迁啦。植物学家说，现在能看到的苍耳一般都是从国外来的意大利苍耳，本地的土种苍耳已经快被这种外来入侵的物种"欺负"得将近灭绝了，而以土种苍耳为食的昆虫自然也越来越少了。

我在书中查找有关苍耳的资料，问了好些人有关苍耳的事情，我以为我弄懂了这个叫苍耳的植物，但其实我只是得到了一些有关这个植物的知识，只是明白了人们怎么命名它，怎么利用它。这些都是人赋予它的意义，并不是苍耳自己的意义。

我还是不懂作为一种植物的苍耳，它究竟是怎么从一颗种子变成了茂盛的一片，这个过程中，它经历了什么样的惊心动魄又有着怎样的欣喜？我为这个遗憾而羞愧。

那个下午，站在一棵枝繁叶茂的杏树下，我突然明白了之前写作中的树木只是一个概念，是声音和事后的想象，我从来没有真正感受过一棵树和另一棵树的区别，也没有当着一棵树进行过想象。比如眼前的这棵杏树，生长在一片杏树丛里面，在下午三点的阳光照耀下，叶子像是半透明的，闪着微光，像是邻家的少女——我想象它是少女时，才发现它的枝杈秀气纤细，向外伸展着，像是正在向我招手。而我的内心充盈着一种感动，说不清楚这种感动是因为它让我想起了什么往事，还是它让我想起了眼前又是一棵树……但我知道，我应该感谢这个下午，感谢苍耳，让我可以有能力想象植物的世界，虽然不能抵达，但开始接近就是进步。

之后，从托克逊回来的很长一段时间里，我时常沉浸在对周边事物的想象中……

达瓦昆沙漠纪行

　　一个小时之前，古丽说面对着寸草不生的沙漠，常常生出绝望感。我想我是理解她的意思的，一个少女，生命正是要盛开的时节，却要天天面对一望无际的沙海，日日做着重复的工作，看不到未来。这种心情，任谁都多少有些绝望吧！

　　快到四十五岁的时候，我第一次坐了沙漠车，体验了一把沙漠里飙车的疯狂和刺激。

　　十几年前当记者那会儿，常有受邀坐沙漠车去沙海里遨游一番的机会，但我都拒绝了。那年在鄯善的库木塔格沙漠景区，同来的女伴怂恿我："什么都该经历一下，很刺激很惊险但又是安全的，为什么不体验一下呢？"其他人也都在劝说："很好玩的，全程都有安全带，司机经验丰富，并没有危险，尝试一下呗！"我知道他们说的都是对的，但我还是拒绝了。

　　他们不知道，那时候我的内心是害怕的，害怕刺激，害怕冒险，害怕未知的经历。我会下意识地把一切有可能出现的意外和惊险都屏蔽在外，蜗居在一方我认为的安全处所，不越雷池一步。

那些年我过得谨小慎微，自以为日子在我的掌控之中，我可以按照自己的意愿就这样生活下去。但人生的荒谬之处就是你处处维护的安全所在——最不安全。明白这个道理的时候，我已经快要四十五岁了，早已过了应该不惑的年龄。可是此刻的我，却在人生最大的惑中。这些惑纠缠着我，有时候觉得想通了，但过不了多久又想不通了，内心反反复复，纠缠不已。其中的幽微和阴暗之处并不能逢人就说，其实就是想说也未必说得清楚。在这个世界上，谁不是独自过活，谁又能真正理解另一个人呢？

在岳普湖的达瓦昆沙漠旅游风景区，在沙漠边缘一汪湖水的岸边看完歌舞表演，主办方的工作人员古丽说："愿意坐沙漠车的人举手。"她的话音刚落，我看见自己举了手。同行十五人，只有其他五位和我一起体验了沙漠车，好像只有我是初次。有人喜欢这个惊险的游戏，并为此而上瘾。据他说，行程中也是害怕的，但是一有机会还是会积极乘坐，好像越害怕越是想坐，很奇怪的感觉。

只见驾驶员在不停地转动方向盘，我想他是在防止车轮陷落到暗藏的沙窝中。车速快了起来，有时候，还要翻爬近九十度仰角斜坡的沙丘，再冲下同样角度的沙窝。往常看似温柔的沙漠此刻变成了恐怖的海，只见沙丘像波浪劈面而来又即刻过去。迎面来的风力道不小，我努力睁开眼睛，想看清眼前的情景，但其实眼前是模糊的，一切在极快地迎面而来，又都瞬间消失。车子像安了弹簧一样，一会儿到了沙窝最深处，一会儿又冲上了沙梁，再俯冲下去……如此反复，速度又是极快，容不得人多想。身体仿佛不是自己的，若是没有扣紧安全带，肉身即刻就会被狠狠甩出去，耳边除了呼呼的风声还有身旁女伴因为恐惧发出的尖叫声。平日里她是优雅的，矜持的，此刻她闭着眼睛，脸上因为害怕而有点儿变形。我想她的尖叫是下意识的，因为如果在平日里，优雅的她一定不会发出那样骇人的声音。

我也恐惧，可我更想看清楚眼前的一切——我想看清楚我的恐惧。为此我没有尖叫。曾经我是那么懦弱、胆小，可耻的是现在的我，依然懦弱、胆小。因为这个，我看不起自己。我是多么希望自己可以坦然面对命运带来的一切，即使承担不起，也不至于姿势太难看。

沙漠车继续颠簸跳跃，面前的景致飞驰而过，我尝试和我的恐惧在一起，感受它的存在。就这样，不知道过了多久，也许只是几分钟，也许过去了很久。此刻我不能准确判断时间的长短，而我的内心居然渐渐蓬勃起一种奇怪的力量——瞬间低谷，瞬间高处。这样的跌宕起伏，好似无常的人生也不过如此。我是说经历了这样的惊险，还有什么好害怕的呢？害怕有什么用呢，尖叫又有什么用呢，车子还在行进，颠簸也在继续……

车子终于停在一处高台上，放眼望去，四周皆是沙海。我们所在的处所既不是沙漠的最高处，也不是最低处，仅是中间位置的一处沙台，四下里皆是沙梁、沙丘、沙窝，这是一个沙的世界。

我是第一次到岳普湖达瓦昆沙漠，沙漠的波纹通常以沙丘的形式出现。这些沙丘沿着长长的垂直线起伏波动，贯穿整个沙漠表面。司机告诉我们可以在这里拍照留念，或者和沙子玩一会儿。我们下车去拍照，脚一触到地面，沙子就涌进了鞋内。司机示意我们可以脱掉鞋子，打赤脚。但其实也走不动路，每走一步都比平时艰难。浅灰色的沙丘表面看着好像很硬朗，等你赤脚踏在沙地上，感觉到脚底滚烫的同时，沙子很快就把脚给淹没了，越是用力就越是深陷，像是沼泽，但又比沼泽更具欺骗性。此刻深陷沙海却并不令人恐惧，因为我们都知道司机和沙漠车就在身边不远处，我们不过是在玩耍，只要我们想回去，即刻就可以回到正常的轨道和生活。眼前的这个沙的世界，让我想起日本作家安部公房的小说《砂女》。

安部公房将人物置身于一个异地，一个封闭的空间里。同小说《箱男》一样，安部公房为他的小说《砂女》里的主人公精心设计了一个狭小的空间，令人窒息的空间——一个海边的“沙洞”。在“沙洞”中，安部公房让一个叫仁木顺平的男教师与沙子以及沙子周围沙化的人、无形的制度作战。当这个孤身一人来海边采集昆虫标本的男教师误入“沙洞”之后，所有的荒诞就发生了。

敕使河原宏在一九六四年拍摄了改编自小说的电影《砂之女》。相比较而言，我更喜欢这个电影。电影的第一个画面就让人惊叹，放大后的沙粒细节，脱离了人对沙原来的熟悉印象，形状不规则的单粒黑沙放大体给人一种极不舒服的感觉。这样通过无限放大细节将熟悉变为陌生的手法后面也多次出现，给影片奠定了美丑转换的基调。随后四个快闪，视角一步步提升，先是颗颗晶莹通透的沙粒，令人目眩；之后荧幕变成无边无垠的沙海，风吹过，沙纹犹如水波荡漾，构图之美比较先前放大的沙粒细节之丑，这里又美得直叫人意乱情迷。男主人公随即登场，在茫茫的沙海中，人与沙，内与外，存在与虚无，渺小与广博的对比从这里开始。

导演敕使河原宏学油画出身，同时又与日本的先锋建筑师矶崎新为好友，这使电影在美工设计和电影摄影方面简直无可挑剔，即使今天想起来都令人震撼和激动。

看这个电影，一直有男女关系力量对比的感觉。故事并不复杂，主要讲述的是男教师来到偏远落后的村庄采集昆虫，不料被村民设计将他和一个寡妇困在沙坑中的木屋里。一男一女宛如笼中的动物，一举一动都在村民的注视之下。两人不可避免地纠缠在一起。男人要被迫与这个女人成为露水夫妻，同时无休止地铲沙为生。男人从最初的傲慢及对女人的轻蔑，到后来的颓废沮丧，随后为了达成去海边透风的愿望竟然同意放弃尊严，任人精神欺侮，再到结尾处转变为对女人的由衷依恋。

这样的过程好像代表着男人从强到弱的演变过程，既有孩子气的意气用事，也有面对绝望暴虐的可怜。男人的情绪波动对比女人近乎愚钝的一贯隐忍与执着，在人生这场战争中，倒是女人更显得坚如磐石，蕴含着中流砥柱的内在力量。

女人外在的柔弱与内里的执拗刚强，刚好与沙的柔与刚相呼应。其中有个情节是男人在得知去路已断后，气急败坏地用小铲挖沙，妄图在高耸的沙山上挖出用以支撑的凹槽后向上攀爬，可每次努力都伴随着沙砾们坍塌后像水波一样缓慢倾流下来的现实而失败。歇斯底里的男人试图用各种方法出逃，而女人只是默默地继续做着挖沙的苦力，那种看不见的意志力如柔软而又倾覆万物的沙海，以柔克刚，化一切力量于无形，无处不在也无可遁逃。影片中有一个著名的形象便是清早女人裸体躺在榻榻米之上，裸背上沾满了细密的沙粒。此刻女人与沙，沙和女人，在精神力量上合二为一。

也许女人对沙漠有天生的归属感？也许是因为无边无际的沙漠更容易让女人想到永恒？永恒是什么呢，也许是古丽所说的那种绝望感吧。女人不管多强大，内心都住着一个小女孩，心里都在向往着永恒。加缪写过一篇小说，寂寞的女人整天在沙漠边缘看日出日落，生命渐渐和沙漠融为一体。

剧中的男人问女人："这样的生活意义何在？你挖沙究竟是为了活着，还是活着是为了挖沙？"如此振聋发聩的带有禅机的台词，是被男人笑着轻描淡写地问了出来，这让看电影的我不由自省：人生，到底是希望催生无穷的失望呢，还是失望孕育出理想与希望？我们究竟是沉浸在过程中而忘记了生命最初的意义呢，还是意义和目的剥夺了也许更为重要的过程？电影中，女人做着自己的事，没有回答男人的问题。

此刻在岳普湖的达瓦昆沙漠中，我想这样的问题也许不会有任何形式的完美答案。如何清晰地面对人的存在、命运的安排，如何更为完整地看待我们生活的世界，在这个层面上，"问"这个动作本身要比答案是什么有意思得多吧。

电影是前几年看的，如今的我和当年的我比起来一定也有所改变，只是这种改变不易察觉，这可能是我的悲哀。但在如今的世界，有什么是不变的吗？要是有，那就是"变化"这件事本身了。

其实，一年四季的绿也是让人绝望的。这是很多年前在北海，一位诗人朋友说的。那时候是冬天，我刚从漫天冰雪的乌鲁木齐来到南方。站在一棵巨大的榕树下，我惊叹植物旺盛的生命力。看见盛开的茶花，我惊叹，看见要盛开的木棉，我也惊叹，看见大片的绿色草地仍会让我惊叹。我像刘姥姥进大观园一样感叹地理差异带来的不同植物样貌。朋友已是中年，是广西人，出生在此，生活在此，他渴望去新疆、西藏旅行，去四季分明的旷野走走。对于眼前这些天天可见的花红柳绿的日常景物，他说绿色也会让人绝望，人总是渴望变化的。当时听完他的话，我不以为意，现在想来，他是对的。

一九六〇年一月四日，一辆快车在从普罗旺斯去巴黎的第五大道上突发车祸，坐在副驾驶上的法国作家加缪当场死亡，终年四十七岁。当时，车撞上了一棵梧桐树，加缪被甩到后车窗，整个脑袋穿过玻璃，颅骨严重碎裂，脖子被折断，当场死亡。他的脸充满恐惧，眼睛惶恐地睁开。

加缪接受任何命运，但当死神突然莅临时，他惊恐的表情可以看出他对生命的热忱。他在一本以论述"自杀"开头的书中强调：关键是要活着。

是的，他热爱生活。他在他的第七本随身手记中列出了自己最喜欢的十个词：世界、痛苦、土地、母亲、人们、沙漠、荣誉、穷困、夏天、大海。

对于沙漠，加缪在避开喧嚣的巴黎回到奥兰的小城时，对奥兰的沙漠这样描述道：沙漠中总有某种不可改变的东西。沙漠的魅力是寂静，而在这寂静中我们的情感和才智绝不会对自己漫不经心……

　　加缪《婚礼集》中也有描写沙漠的专章散文，是写给他老师格勒尼埃的。加缪在这个散文集里写了婚礼、风、夏日和沙漠，风格轻快明亮，这在加缪的作品中是少有的。

　　此刻，站在达瓦昆沙漠的高处，耳边是呼呼的风声，面对仿佛亘古不变的沙漠，拉拉杂杂地想到这些和沙漠有关的人和电影，也是情之所至吧。大面积的沙漠，寂静得总是要让人想到"人生""永恒""意义"等这样一类词汇和场景。总之，新疆的岳普湖达瓦昆沙漠在你的有生之年值得来一趟，电影《砂之女》也值得看看，故事长而不慢，台词简单有力。

塔城杂记

在塔城，我又开始喝酒了。

五年前，在南疆的阿瓦提县，我第一次喝醉，是那种撕心裂肺的醉，吐到胃都空了。第二次喝醉是在两年前的乌鲁木齐，输完液的我不再心跳如鼓，医生说你不要命了，他不知道那时候我有比生命更珍视的东西。

以后就没有这样大醉过，因为自此我不怎么喝白酒了。当然，是在来塔城之前。

认真说来，在来塔城前，我们一群人已经在和布克赛尔遇见了。那些夜晚，还是喝了。据别人说，在来和布克赛尔前几天的餐宴上，包括送行的晚宴上，我是滴酒未沾。倒是在接下来的小范围聚会上，禁不住别人的劝，破了酒戒，并且一喝即表现豪爽，要散场了，还拉着主人要酒喝，风度尽失。

在塔城，我没有一定要采访什么的目的，也没有一定要拍什么的计划，日子过得很散漫。

面对塔城，我常常感觉无从下手，不知道从哪里进入。想从民俗介入，这里却是个多民族居住地，共二十五个民族，其中有好几个都是我国人口较少的民族之一。每个民族都有自己的生活、风俗、审美习惯，他们世代和谐相处，如兄弟姐妹一般。达斡尔族、塔塔尔族、俄罗斯族等，听听脑袋就晕了。以前我的那些抓住重点民族、找出特殊民俗习惯的工作经验，到这里完全失效了。

在一个家庭里就可能有好几个民族。有人给我介绍，一个回族人家有八个女儿，偏偏八个女儿嫁了八个不同民族的丈夫。可想而知，这个大家庭里，什么民族风俗习惯都有，过什么节日的都有，说什么语言的都有，整个就是一个大融合。我很好奇他们有着怎么样的共同生活。说好了要去这个"民族大团结"典型家里采访，但一直没有约到人，而我好像也一直都不在工作状态，懵懵懂懂的，这个原本有趣的采访就不了了之了。

我是后来才发现，这里各民族通婚是个普遍现象。这里的民俗特点，从某种意义上讲就是融合，语言融合、饮食融合、文化融合、习惯融合、建筑融合等，总之一切都在融合中体现。融合的力量是强大的，就连我这个冷漠的异地人，来了没有几天，也快要融合在这节奏相对缓慢、歌舞升平的阳光塔城里了。

时间就在我无心的晃荡中过去。

塔城水多，五条河流穿城而过。我住的房间后窗外就是穿城而过的河水，每天在水声中睡去，又醒来。河水日夜不停地流着，我的晨昏都是在她的喧哗中度过。总是长长的夜，哗哗的流水在窗户外面，好像永远也流不完。

早晨在流水声中醒来。夜里做梦，都是水，一望无际的水。我在河岸上张望着，很焦急，却不知道到底在盼望些什么。然后就会被自己冰凉的睡衣凉醒，那是盗汗的缘故，一摸脖子，湿湿的。在初醒的蒙眬时刻里，总狐疑自己是睡在空旷的水岸边上。

我不会解梦，不知道这个梦意味着什么，但就好像这些年自己过的日子一样，懵懵懂懂的。

现在想想在塔城的日子，无非就是一种游走，却不是我惯常的那种方式。

白天都是在一个特定的场所采访，说是采访，也就是很闲散地聊天，聊过去的塔城人是怎么生活的。据老一些的人说，那时候，时间走得比现在还慢，那时的人们不习惯在饭店请客，即便不是逢年过节，也会常常在家里招待各族朋友聚餐。谁的做菜手艺好，谁的不好，那是有关荣誉的事情。男人们常就某个菜怎么做交流心得。谁学会了一道菜，是要展示给大家品尝的，这就是一个聚会最不容置疑的理由了。

夏天在院子里的果树下聚餐，冬天在温暖的房间里聚会，做一桌子好菜，煮好苏波汤（特色餐食，又称"红菜汤"），用白铜打制的亮晶晶的沙莫瓦尔（烧茶的生活用具）给客人煮茶喝。有人唱《莫斯科郊外的晚上》《山楂树》，有人拉手风琴，有人跳踢踏舞、交谊舞。人们敞开肚子喝起来，边跳边唱边喝。集体的快乐极具感染力，常常是掌勺的大厨，在翻炒菜的间隙也挥胳膊踢腿地加入其中。

对于许多人来说，跳舞似乎是一件令人害羞的带表演性质的事情。在塔城，跳舞不是一件特别的事情，跳舞就是高兴，跳舞就是让时间过去的一种方式。

我和当地一个姓马的老人家闲聊，听他说十几年前老塔城人怎么快乐地度过那些年轻的日子。阳光在屋外，他亲手熬好的果酱，甜甜的，像回忆中的童年。一桌子好吃的是他热情地在招待我们这些陌生的到访者。但在他的叙述里，我常常走神，现实的场景和过去的时光总有些错位的恍惚。

要离开马叔家去吃晚饭时，我才梦游般醒来，事实是他一直在按预定好的内容投入地回忆并讲述过去塔城人生活的样子，而我却一直在自己想象的世界里神游。他有的是年轻时充满快乐的回忆，而我，借着塔城在做着自己的梦。我们都在塔城的世界里，却不在一个空间。

晚饭安排在颇似果园的餐厅里，食物丰富，各个民族特色的菜品都上了一些，每人还有一小碗我们采访中提到过的苏波汤。一大群当地的文化人坐着，酒桌上有一位男阿肯（哈萨克族民间歌手的通称）和一位女阿肯，他们唱歌，一首接一首。虽然听不懂哈萨克语，但又好像听懂了要表达的意思，我沉醉在自己营造的氛围里。后来他们擎酒瓶至眉际，唱敬酒歌。有人不喝，他们就一刻不停地唱。人家举着酒瓶在你面前不住气地唱歌，这是多么厉害的劝酒招数。那些开始有些扭捏的男人和女人都喝了，而我是不用劝的，在歌声里，早已经微醺了。

气氛越来越热烈，人人都开始唱歌了，唱那些好听而我听不懂却自以为懂了的歌。有人翻译，有人解说，我坐得端直，安静地一杯接一杯地喝着属于我的酒。神思管不住地又开始飘移了。

在塔城，白天和夜晚是那么不同，我常常有时空倒置、场景错位的荒谬感和惊诧。

但说到底，荒谬和惊诧的都是我自己。塔城依然阳光着，塔城还是塔城。

一面湖水

　　车子爬上一道山脊，峰回路转，就看见赛里木湖了，只是因为有雾，因为近黄昏，朦朦胧胧看不清湖面。车绕着湖又走了一会儿，这才停在一个湖边的度假村里。

　　映入眼帘的是水天一色的赛里木湖。来之前，我已经看过许多关于赛里木湖的介绍，相关内容可以背下来了：赛里木湖古称"西方净海"，蒙古语称"赛里木淖尔"，意为山脊梁上的湖。这湖又名"三台海子"，而"赛里木"则是"幸福"的意思。它位于天山西部，博乐市西南，乌鲁木齐—伊犁公路沿湖南岸穿过。赛里木湖是新疆海拔最高、面积最大的高山湖泊。

　　书上说，每至夏秋，湖滨绿草如茵，鲜花繁茂；湖水清澈湛蓝，深浅变幻有如色染。远岸雪峰耸立，林海叠嶂。湖边的草场、山坡上毡房错落，牛羊如云似锦。牧民们热情好客，奶茶飘香，羊肉诱人。如果恰逢举行那达慕会，还可观赏到精彩纷呈的民间活动。

　　同来的朋友告诉我，由于湖岸尽是裸露的石灰岩，湖岸裂隙间的水溶解了大量的碳酸钙，又流入湖中，因此在晴朗的天气里湖水呈现出宝石般的湛蓝，而且特别清澈，连肉眼都可以看到浅底的细沙！

据说，当年丘处机曾将赛里木湖称作"天池"。在金庸的武侠小说《射雕英雄传》里，有一位全真教的道长丘处机，功夫厉害，和蒙古大汗成吉思汗关系良好。历史上也确有丘处机其人。那一年，丘道人受在西域征战的大汗的邀请，去西亚的撒马尔罕。他走的是丝绸古道的天山北路，一路游历了不少奇山异水，大饱了眼福。当他穿过赛里木湖畔的时候，看到湖水湛蓝清澈，又被群山托起，便赞叹不已。于是给这个湖起了个"天池"的美名。他的弟子李志常在《长春真人西游记》中写道："方圆几二百里，雪峰环之，倒影池中，师名之曰天池。"后来，人们却又把这美名给了乌鲁木齐南部天山中的那座高山冰碛湖。

其实途经赛里木湖也有好几次了，只是大多在夜晚的班车里或是在三万英尺的高空上，总是错过，无缘一见。心想这次我不能再留遗憾了，便一个人走出热闹而温暖的蒙古包，欣赏这雾中的赛里木湖，不承想小姑娘徐晴也跟了出来。

要不是能看见远处雪山延绵，真会以为它是茫茫大海。雾中的赛里木湖看不太真切，反倒有了一种神秘感。只是这湖水和我想象的完全不一样，我以为应该是湖蓝、云白、天蓝、山绿，五颜六色的花铺展开来，可因为有雾，一切变得雾蒙蒙的。看不清湖水的颜色，水天是一色的灰。站在湖边，望着苍苍茫茫的湖面，给人一种莫名的凄美感觉。你便不能不为之所感，为之忘情，恍若万千情愫萦绕内心，愁肠百结，却又不知如何说起，内心充满了倾诉的衷情和"在水一方"的渴望。

坐在岸边，面对这高山上的一面湖水，我的心不能平静，却又说不出任何话来。不可说，不能说，一说就错，这才明白语言是如此苍白、无力，生活中有许多事情不也是如此吗？比如爱情，比如诗歌，当你进入其中而被它的魅力所诱惑时，你已无法言说，已浑然忘却语言的表层意义，而沉醉在另一种升华的意境之中了。

湖水像海浪一样拍打着岸边，哗！哗！似乎在向人们诉说着那个古老而又凄美的爱情故事（传说赛里木湖是由一对为爱殉情的年轻恋人的泪水汇集而成的）。

湖边草地上开满了大片大片的蓝色小花，也有其他颜色的花零星地夹杂其中。有风吹过，繁花摇曳生姿，像夜空中的繁星点点。虽然是盛夏的七月，可湖边有雾且冷，又近黄昏，所以游人极少，大约都躲进了蒙古包。我们在湖边只坐了一小会儿，就感觉寒冷彻骨。

同来的徐晴却兴致正好，采了许多野花，拿在手里把玩，渐渐暗下来有些阴郁的湖水丝毫没有影响她的明朗。我开始有些羡慕她的快乐了。

同样是雾中的赛里木湖，心境不同，感触就不同，或者是我自己的心已经苍老了吧。

蒙古包里生起了火，炉膛里烧的是枯枝和朽木，发出"噼噼啪啪"的声响。我们一群人围坐在炕上，桌上摆着酥油、馕、烤肉、抓饭等，主人拿出好酒招待我们。大家兴致正好，把酒言欢。看见徐晴也在喝白酒，感染得我不由凭空生出豪爽来，端起酒杯一饮而尽，可紧接着的一阵猛烈的咳嗽惹得大家都笑了起来。顺流而下的酒像是一团火，在胃里毫无顾忌地烧了起来。

等第二杯下肚时，我渐渐有些习惯了这酒的烈性。

大块吃肉，大口喝酒，在这有雾的湖边，在这欢聚的场面里，在这一群豪爽的朋友面前，我仿佛已忘了城市里纷扰的情节，原来只要喝了这老窖，小女人也可以生出些英雄本色的气概来。

天下没有不散的筵席，我们终究是要回到钢筋水泥的世界里去的。离开时，我已经醉了。车又开始在盘旋的山路上行驶了。透过车窗，望着那渐行渐远的湖水，不由想起了那一首歌："有人说高山上的湖水是躺在地球表面上的一颗眼泪，那么说我枕畔的眼泪就是挂在你心间的一面湖水，一面湖水……"

以水的姿态

葡萄

因为有了心事

变成了酒

发酵的是青春

陈酿的是心情

不可喝,不可喝

一喝就醉

那种叫作慕萨莱思的酒

关于慕萨莱思的发明,虽然没有留下详细的史料记载,但在人们中间一直流传着慕萨莱思产生于爱情和友情的传说。

关于爱情的传说是起源于一个叫阿曼古丽的女子。传说美丽的阿曼古丽居住在叶尔羌河边,一次邂逅,老天让温柔的阿曼古丽和彪悍的刀郎汉子迈尔旦一见钟情。

可当时的刀郎人是注定要迁移漂泊的。千般无奈,万般不舍，迈尔旦在留下一句誓言后，还是离开了阿曼古丽。

葡萄熟了的时候，就是迈尔旦回来的时候了，阿曼古丽这样盼望着。

可是，葡萄熟了一年又一年，迈尔旦却再也没有回来。

好像是春暖花开的日子，又好像是胡杨落叶的秋季。因为时间太久了，阿曼古丽已经想不起分别那天的具体细节了，可她记得他说过，他们的爱情就像亲手栽下的葡萄树一样郁郁葱葱，就像即将结出的葡萄一样甘甜醉人。

因为他的一句"葡萄熟了就回来娶你"，她年年在葡萄树下怀想十六岁那一年的月光。

在烧煮葡萄汁时她并不知道自己是在酿酒，她只是想把她和他一起种下的葡萄保留下来，哪怕是以水的姿态。

没有人知道她把多少想念、多少盼望、多少等待、多少渴望煮进了葡萄汁里。然后，夜夜朝他走的方向举杯，在微醺时把自己想象成他最美丽的新娘，这应该是最幸福的事情了。

秋来了，无论多么茂盛的葡萄树也无法抗拒岁月的痕迹，叶子开始一片一片凋落，枝杈上的葡萄也开始由圆润、饱满变得萎蔫了，一如阿曼古丽的青春。

自古多情空余恨，因为一个痴情女子的爱情，阿瓦提刀郎人有了一种自己的酒——慕萨莱思。

也有老人说慕萨莱思是这样产生的：古代刀郎人中有个热情好客的人叫穆合塔尔，即使在偏远的地方也有他的亲朋好友。他想请朋友吃葡萄，但是由于距离远，虽然好友说一定会来，别把葡萄吃完，但因忙碌没能及时过来。天气渐渐凉了，早晨的树叶上都有霜花了。穆合塔尔怕葡萄坏了，就把它们洗干净，放在坛子里，等着客人的到来。

就这样过了许多天，突然有一天客人们来了。穆合塔尔杀鸡宰羊，热情地款待了朋友。饭吃到一半时，他突然想起坛子里还有准备的葡萄。众人帮他抬出坛子，打开后一股浓郁的香气扑面而来，而曾经颗粒饱满的葡萄都变成了葡萄汁，穆合塔尔只好遗憾地说："我原本是想请你们吃葡萄，现在葡萄都变成葡萄汁了，尽管这样，你们还是品尝一下吧，也是我的一片心意呀！"然后给每人都倒了一碗，大家感念他的淳朴，都喝了。没承想过了一阵儿，居然解了乏，心情也舒畅了许多，脑袋里晕晕乎乎的，脚下步履蹒跚像踩着棉花。于是大家都跳起了热情、粗犷的刀郎麦西来普，大爷和大娘忘记自己老了，远道而来的客人忘记了旅途的劳累，好客的农民也忘了生活的艰难和种种不如意，大家尽情地唱着、跳着。

从此开始，穆合塔尔在每年葡萄熟了的时候，都会摘下葡萄挤出汁，装进坛子里密封，四十天后打开喝，这就是慕萨莱思的雏形。慕萨莱思的名声传到阿瓦提的各个村落，人们摘下葡萄挤出汁，煮熟后经过一段时期的密封之后，就打开坛子，开怀畅饮，尽情享受。

古代西域就产葡萄，酒类主要是葡萄酒，不似中原用粮食酿酒。那句有名的"葡萄美酒夜光杯，欲饮琵琶马上催"中的"葡萄美酒"就是指西域葡萄酿造的酒，而慕萨莱思是葡萄酒（饮料）最原始的样子。

无论哪一种有关慕萨莱思的传说，都无一例外地强调了其制作过程的纯正。几百年来，一脉相承的也是它的纯正。

阿瓦提的慕萨莱思是葡萄汁经发酵而成，不掺一丝杂质，其纯正的品质暗合了阿瓦提人的某种精神。

慕萨莱思是刀郎文化的表现形式之一，是阿瓦提人心灵深处渴望的一种表达。

九月的一个黄昏，在阿瓦提县葡萄村的葡萄架下，我毫无防备地邂逅了慕萨莱思。

如果你有心事，千万不要喝，很容易醉的。阿瓦提的朋友很认真地告诉我。

也许是我忧悒的灵魂还没有找到皈依的路，我这个异乡人在痛饮了两大杯后，有些寒冷的胃感觉到了翻江倒海般的沸腾，大脑处于不可知的眩晕中。

那种感觉要怎么说呢？冰冷的慕萨莱思喝进胃里，先让你从头凉到脚，随即又有一股热流从脚底漫上腿、胃、心，直至大脑的深处。

慕萨莱思的热烈可以让你在眩晕中体会幻想到极致的快乐。这时候你就是自己，完全的自己，你就是你的王，无所不能，无所不在。

在这一场邂逅中，慕萨莱思让我在心灵深处体会到了痛苦的灼烧和甜蜜的幻想交织在一起的那种未知的迷惘。

对于不能把握的，我怕了。

回到城市，又开始熟悉的生活。和从前一样挤公交车、打卡、上班、下班、回家，日子好像没有什么不同。可一样的日子却又有些不同，我说不清为什么，但内心清楚地知道日子确实有一点点不一样了。

我开始思念那种强烈甚至未知的迷惘。思念慕萨莱思像思念情人，才下眉头，却上心头。

给自己找一个理由，给心情放一个假，只为了秋天里最后那一粒在阿瓦提等我的葡萄，那一滴纯正的慕萨莱思。

也许是因为前缘未尽，也许是因为痛苦的深刻，注定了我要与这种叫作慕萨莱思的葡萄酒纠缠不清。

经历了内心数不清的挣扎和斗争，慕萨莱思最终还是诱惑了我。

重返阿瓦提，慕萨莱思仿佛蓄谋已久，不费吹灰之力就袭击了我的心。而在慕萨莱思的诱惑下，任何抵抗都显得那么苍白，那么无力。

或者说我已经不想抵抗，情愿被她诱惑，甘愿做她的俘虏。

慕萨莱思是洞察一切的，她仿佛看穿了我的心，看见了我的挣扎和斗争。她以博大宽容的姿态接纳了我，这一次我们异常默契，像是相知多年的故交。

在阳光正好的午后，在夕阳斜照的黄昏，在新月初升的傍晚，痛饮着慕萨莱思，在她的眩晕里感觉着快乐、希望、激情和感动。

慕萨莱思像一个情人，无论如何接近总有些说不清，总有些神秘，总有些诱惑。她藏在我心里最深、最柔软、最不可触及的高处。只有在无人的夜晚，扶梯而上，小心翼翼地拿下来在月光下晾晒。

黄昏，顺着幽深的小巷，寻着酒香，觅到唱着维吾尔族民歌的小店，就找到了慕萨莱思小酒馆。

进了大门，才发现院内一律是土质的平房，大约有七八间单独的房间，围成一个四合院的样子。随手推开一间进去，地上炉火正旺，空气里氤氲着慕萨莱思的味道，诱惑着你不由得脱掉鞋子，上到土炕上，盘腿而坐。含笑的维吾尔族姑娘自会端一壶上好的慕萨莱思来。这里还有下酒的各色精致小菜可供你挑选，费用却出乎意料地低。

三五知己，轻酌慢饮，无论是闲聊见闻，还是抖落心事，慕萨莱思小酒馆都是适合的。

这独具刀郎特色的小酒馆，不似城市装饰讲究、典雅浪漫的酒吧，但一样具有别样的风情。

慕萨莱思的原产地在阿瓦提县，这里的人们酿造慕萨莱思有很久的历史了。

在《史记·大宛列传》中记载有"以蒲桃为酒，富人藏酒至万余石，久者数十年不败"；《博物志》中也有"西域有葡萄酒，积年不败"的记载；《旧唐书》载龟兹国"饶葡萄酒，富室至数百石"；并有"葡萄酒熟红珠滴"的赞美诗句，以及"自酿葡萄不纳官"。当时大多数人家都会酿酒，且为自酿自饮，不交赋税。阿瓦提县居民代代相传，继承了这一古老的传统方法，酿制的慕萨莱思葡萄酒，是古代西域葡萄酒的活化石。

直到二十世纪五十年代，阿瓦提县广大农村仍以慕萨莱思为唯一的酒饮料。这里形成了"村村舍舍煮酒忙，香气氤氲漫农家"的特点。民间酿造慕萨莱思历来极为普遍，群众饮慕萨莱思往往以醉为快，醉后恣意，高歌狂舞，尽兴而怡然，再现了古代西域酒文化的遗风。

慕萨莱思的酿造方法说起来简单，先把一串串的葡萄检查一遍，一颗腐烂的或坏了的葡萄也不留，收拾得干干净净。在干净的水里一一洗过，之后将洗净的葡萄放进新的过滤袋中，将葡萄挤压之后，葡萄汁晾上一天一夜。第二天倒在锅里用文火烧煮，使之蒸发掉三分之二。在烧煮过程中要时刻注意锅内葡萄汁的变化。烧煮一定的时间后，锅里会起泡沫。给笊篱上裹上过滤布，一点儿杂质也不留地过滤干净。再烧煮一会儿之后，又会出现泡沫。这时别动它，过一会儿葡萄汁被炼得像油一样，泡沫就会分开消失。这样慕萨莱思就熟了，如果没看到上面两个变化，就不是好的慕萨莱思。用筷子尖将慕萨莱思放在指甲盖上，如果它在指甲盖上不流动的话，这时立即停火，原样放在锅里，等凉了之后，第二天倒进口径十到二十厘米的坛子并密封，慕萨莱思就做好了，四十天后就可以打开饮用了。

也有人说，将葡萄汁倒在锅里烧煮过程中，给锅中放上一公斤半到两公斤的蜂蜜，喝了这样的慕萨莱思醉的时间长，使人精神异常兴奋。如果有可能的话，加上些玫瑰花汁更好；用百分之七十的红葡萄、百分之三十的大索卡葡萄（若没有，有圆的绿葡萄也可以）烧煮的慕萨莱思颜色会非常漂亮。

酿造过程全部为手工操作，所以一样的葡萄，一样的器具，一样的步骤和程序，每一个人烧煮出的慕萨莱思却不一样。更为神奇的是，同一个人在不同的时间、不同的心情和不同的状态下烧煮的慕萨莱思，味道也会不同。所以有一千个人烧煮，至少就有一千种不同味道的慕萨莱思。就像有一千个人，就有一千种对爱情的诠释一样。

如今的阿瓦提农村人家依然是无论有无葡萄，大多数人都烧煮慕萨莱思。刀郎人迷恋麦西来普歌舞、木卡姆音乐，将好客当作为人之道和表达乡情的标准。每年九月开始到来年的三月底，家家轮流用慕萨莱思招待客人。一般是请客的人准备好饭，请乡亲们来品尝慕萨莱思；吃过饭后，将烧煮好的慕萨莱思全部拿出来，一边举行麦西来普，一边品尝慕萨莱思，通宵达旦不睡觉，人们以娱乐的方式度过冬天。做客时，喝酒的人把酒醉程度作为评价慕萨莱思的一个标准。第二天，到处都谈论昨天的娱乐，评论所饮慕萨莱思的优劣，烧煮的师傅名声因此大振。谁家慕萨莱思烧煮得好，谁家在村里就特别有荣誉。

阿瓦提的慕萨莱思质地纯正新鲜，味道特别，适当饮用使人欢愉。来了阿瓦提不喝慕萨莱思，就像美人迟暮一样让人遗憾。

观音山下

连绵的雨下了好几天，夜晚的雷鸣让人不安。据说今年闰四月，雨季来得比往年晚一些。好不容易天放晴，天空褪去了铅灰色，云变得薄起来，间或能看见蓝色的天空，但岭南的天气变化无常才刚刚开始呢，明明已经看到蓝蓝的天上白云飘，晴空丽日，转瞬就会乌云盖顶，暴雨如注。雨水在地上来不及散去，形成一小股一小股的，像蛇在地上惊慌逃窜。

这两年，我在观音山下，在这水库边，在这个南方小镇的山边小区干什么呢？什么也不干。我住的房子在山脚下，阳台对着一个水库，里面的水不是很多，但水质干净，据说是镇上的饮用水水源。水库再过去是宝山。樟木头镇四面环山。好像樟木头镇的山都叫宝山，连绵不断，镇中心就在宝山的山坳里。站在阳台上望过去，水库的对面是层层叠叠的山峦。本来，我可以在镇中心交通和生活方便的地方找一间房子住下，但我更喜欢站在这个阳台上看郁郁葱葱的宝山和窗外一池的碧水，山上的绿植和早上的鸟鸣能让我心境平和。

偶尔也会有片刻的宁静。上午的水库边上，太阳还没有完全发挥威力，热气还没有升腾起来。站在高高的岸边，在荔枝树、莲雾树、菠萝蜜树下，倚靠着栏杆，望向下面的水库，心里是澄澈的。天上有云慢慢飘过，我会觉得这蓝天白云是我的，这一池碧水和前面连绵不断的山岚也是我的，它们是我的一部分。此刻心里有种淡淡的喜悦，想要和人诉说些什么，想要和人分享此刻的欣喜。因为这个，我给L打了电话。我告诉他水库边的阳光和水里的波纹；我告诉他此刻的蓝天和白云；我告诉他树上的莲雾已经成熟了，小小的莲雾掉了一地，有的是粉红色的，有的青色还没有褪去就掉了下来，有的完好无损，有的碰伤了渗出汁液来，我说你真应该来这个水库边感受一下……不知道他是什么时候挂掉电话的，也许在我说阳光的时候，也许在我说莲雾的时候，也许在我为了选择一个合适的词语描绘眼前的一切的时候。他可能沉默了一小会儿，但我不知道，我在水边，沉浸在自己的描绘中……而这些也许都让他感觉厌倦，让他感觉冗长。

那时候，我是聒噪的吧！因为刚到南方定居，我心中充满了焦虑。我需要倾诉，我需要共鸣。我是那么虚弱。那种焦虑的感觉从初夏开始与我如影随形。那个时候，焦虑难以消除，也更加莫名其妙，不知道为什么焦虑，只是焦虑着，又好像是为了焦虑而焦虑。

不知从什么时候起，我开始恐慌。时间太快，什么都留不下，我想要离开熟悉的居住地，我想成为另外一个人，我想离开新疆。为此，跨过千山万水，我从西北以北，来到了南方之南。

可是南方的生活我并不适应。

我是在新疆生产建设兵团出生长大的，我在乌鲁木齐这座西北的城市读书，恋爱，成家。我的父亲喜欢古典文学，我从小跟着他念唐诗宋词。高考落榜，是我最初承受的人生打击。没有受过正规的高等教育，自然地成长和生活，这就是我的经历。

高考失利给成年的我带来多年的梦魇。如今我已经四十几岁，早已经过了青春期和后青春期，远离考试多年，结束了在单位工作的生活，找到自己喜欢做的事情——看小说、写小说，按照我的意愿，生活在了南方。但我还是会做那样的梦。有时候也不是因为具体什么事情，只是如影随形地焦虑。这种焦虑在我睡眠时也在，深夜我就在它的影响下醒来。在南方我深受失眠之苦，一天中最美好的时间我也是在精神恍惚中度过的。浑浑噩噩的白天，加重了夜晚的失眠。

在南方，我和连绵的雨做斗争，我和漫长的倦怠、昏沉、黏黏腻腻、长霉的衣物、变质的食物、酷烈的太阳、狡猾的蚊子做斗争。如果迁移对于我来说是一场战役，那么溃败是一开始就注定的。

在观音山下的樟木头镇半山上，在翠景花园的水库边上，我会想念新疆的夏天，那种干燥、干爽，还有清晨空气中的清凉。

天热得发疯，热感直逼身体。在南方日复一日漫长的夏天里，那种对新疆的想念并没有消失，而是融成一种浑浊、无形的东西，弥漫、浸润着日常生活中的一切。湿热对我依然是一种考验，有时候想，也许南方的夏天就是要看我这个北方女子松脆的体质能否在湿热的考验中萌生出一些不可磨灭的东西。

不知道怎样去除霉味，下雨的早晨到底是需要开窗通风，还是关窗避免湿气进屋？不知道喝什么汤才能除湿，更不知道喝什么汤才能去火。更有无处不在的蚊子钟情于我，我完全不知道在南方生活该怎么妥帖地安置自己的身体，这一切都加剧了我的烦躁不安。

我和出租车司机聊天，告诉他一个北方人在这里的种种不适应。他热情地告诉我一些南方生活的常识：蚊帐是必需的，五指毛桃的功用，凉茶不是人人都能喝……

看门的保安一见我出门，会笑着和我打招呼。我听不懂他的南方口音，不知道他在说什么，有时候他嘟嘟囔囔，像是在抱怨，有时候他说上两句，而后咧开嘴大笑。面对他莫名变化着的表情，我统一回以微笑，然后他也点头微笑。我们在各自的世界里相互表达情绪，但其实谁也不明白对方真实的意图。但这又有什么关系呢，这个世界有太多的人都在表达，然而大多都在自说自话，人人都在急于表达，却没有谁在认真听。

健谈的出租车司机，说话古怪的看门人，我珍视他们。因为我感觉自己认识他们，我觉得他们是我和南方的联系。他们肯定了我之前读过的书，肯定了我之前了解的信息。他们让我确定了我是在南方，而且已经在樟木头镇了。

天刮着风。我沿着一条向山下的街道走着，走到先威大道再转向镇中心。我认识的人都不在这里，他们在遥远的新疆。我越往前走，越感到周围一片寂静。在阳光下，这条街和这些房屋里似乎都没有人。风轻轻地摇动着地上的蒿草。我从未独自来过这里。路两边房屋紧闭的那些窗户给我造成的不安，使我想起我初次独自来南方的那个冬夜，我在从机场回翠景花园路上的那种感觉。那个时候那些高高低低的楼层和黑洞洞的窗户，让我有一种将要进入一个陌生地方的阴森可怕感。如同现在，在下午的光天化日之下，我感觉到恐慌。路两旁硕大的榕树、枝杈展开的凤凰木，脚下肆无忌惮盛开着的马缨丹，都让我恐慌，一种没有进入、无法进入的恐慌。

走到一抹时光咖啡馆的时候，出了一身汗，阳光刺得我睁不开眼睛。于是，我要了一杯柠檬水。

在一抹时光咖啡馆我认识了一些人，一些本地人，还有一些外地人，但他们比我早来到樟木头镇这个南方客家小镇。他们说客家话，说粤语，说英语，好像他们掌握着语言的密码，他们可以在极短的时间里自由地切换，这让我羡慕不已。

他们讲的很多话，我都听不懂，有时候也仅能凭借想象和一知半解拼出一个图景：这个镇是东莞三十二个街镇里少有的纯客家镇，大部分的本地居民都是客家人，这里有浓郁的客家风俗。

现在已经三十八岁的H还能清楚地记得，十几年前一个漆黑的夜晚，他跟随着他的族人去村后的山上给麒麟开光的事：深夜，村里的男丁抬着做好的麒麟上山。

他说，有一种叫"三月红"的荔枝，清明节的时候就成熟了，小时候他们从春天就有荔枝吃了。吃完三月红，黑叶也该熟了，接着是糯米糍、桂味，一直到七月成熟的观音绿。这些荔枝按次成熟，让人从春天到夏天，一路吃过来。还有一个品种现在不多见了，大人们叫它"肉盒包"，个头长得特别大，口感不甜，他们也叫它"扔死牛"，是说用它当武器扔，是可以把牛打死的，所以叫它"扔死牛"。

黑叶的产量大，成熟的时候吃不及，就拿来晾晒，晒成荔枝干当零食吃。观音绿是在古荔枝树上嫁接出的新品种，产量小，价格比糯米糍和桂味要高。

H说起的童年生活往事，是让人羡慕的，而我已经离开我出生和成长的新疆。此刻我在岭南，新疆西北的生活因为离开，已经过去了，只能在追忆里重现，而南方生活因为不熟悉，还远远没有开始，我好像被卡在了现在。我说虽然我对岭南生活一无所知，却仍然对整个南方感兴趣。

你对南方的兴趣是假的，是一种概念，直到此刻，你与南方并没有真正连接，是疏离的。K这样评价我的南方生活。

在一抹时光咖啡馆的闲聊中，当我又一次抱怨南方的湿热时，K说，你为什么不感知当下的这一切呢？炎热你就感知炎热，出汗的感觉，衣服贴在皮肤上的感觉；疼痛就感知疼痛，感觉它的紧和它的麻；潮湿就感知潮湿。这是南方啊，是当下的、此刻的南方啊，说话的工夫，此刻的一瞬间正在过去，此时此刻都无法把握，你所谓的对整个南方感兴趣又能落实到哪里呢？

我知道K是对的。我的烦躁不安，让我错过了多少丰富的体验？事实上我从未真正理解过南方，从未真正理解自己与南方的关系，不管我在南方生活了多久，这里的生活依旧给我带来困扰。通往南方生活的道路永远没有完结，我将会一直在路上，这或许就是迁移者的命运。

在岭南五月提前到来的湿热中，我好像接受了这种无法获得全部世界的现实，时刻准备着面对不确定性。

六月将要过去的一天，我和一群人来到樟木头镇裕丰社区的荔枝园里采摘。这里有三百年树龄的荔枝古树，郁郁葱葱，由此

树嫁接出的新品种观音绿产量不是很高，口感很甜，那种甜里还有一丝淡淡的清香，是和我在南方吃过的所有水果都不一样的感受。杨桃、百香果、香蕉、杧果、番石榴、莲雾这些南方水果，和我的新疆记忆比起来都是不甜的，因为在新疆我体会过太多的水果甜的滋味，那是忘不掉的。

每次我给人形容这些南方水果时，都用简单粗暴的两个字"不甜"了事。

那时候水果在我心里只有甜或者不甜两种。但其实人间的滋味又何止如此单薄呢，这种简单的二分法，让我错过了什么呢？我到南方就是为了寻找"甜"吗？那为什么还要来呢？

仔细想起来，那些不甜也是各有各的滋味，有的酸甜，有的香气浓郁，有的口感清爽有着淡淡的清甜……那也是一种复杂的味觉体验呢，只是我的简单粗暴，忽略了那些微妙微小的滋味。

而今天站在一棵荔枝树下，我尝到了荔枝的甜，这种甜唤起了我对味觉的记忆，让我想到新疆的夏季，想到故乡的水果带来种种甜的滋味。在炎热的夏季，这种甜像是一种奖赏，也像是一种安慰，更是一种提醒——人间的每一种滋味都正当时。

一连吃了好几颗观音绿，甜得让人微醺，有那么一小会儿的恍惚，我以为我是在新疆大地上的哪个果园里采摘。

路边高高的树杈上，站着一个身手灵活的农妇。她在采摘荔枝。她的皮肤被太阳晒成了古铜色。她的笑容灿烂，极具感染力。

"你爬那么高，不害怕啊？"

"不怕，我才五十岁，行动利索。"

在她笃定的言语里，在她爽朗的笑声里，我明白了这个中年女人有能力掌控她的身体，有能力掌控她的生活。她不惧怕衰老。她没有老。

晚上，我在小本子上写下一些分行的句子：

在一颗荔枝里安顿

它的果皮是绿的

莹白的果肉是甜的

吃起来

比回想夜晚的滋味更新鲜

比杨桃甜

比香蕉甜

比百香果甜

比所有的南方水果都甜

荔枝是南方水果里的叛徒

我爱这叛徒

甜蜜的夜晚的回击甜啊

我多么爱这甜的回味

甜的风

甜的枝条

甜的汁

树在山上

果在树上

甜在心里……

那些失眠的夜晚的绿

只有这颗名叫观音绿的荔枝

此时

它以故乡的甜蜜

新疆的夜

落入我的口中

这个漫长的岭南夏天还没有过完，我的内心地图已然发生了改变，甚至价值观也发生了改变。我逐渐记起我自己，我的世界，我的身体，以及我究竟是谁。

你以为这样的变化很大很绝对，其实不是。这种感受微妙，甚或微小，更像是一次小幅的定向调整，就是自我被妥善安顿。我感受到了安稳，这一夜我在观音山下炎热夏天的夜晚，安然入眠。

萤 火 虫

昨夜，我又梦见了萤火虫。

在北方出生长大的我，只在小学课本里读到过有关萤火虫的句子。这么多年过去，具体内容是什么，也都忘了。在快到不惑的年龄，却有了一次去长沙某文学院学习的机会。我是在这里见到它的，那么偶然。

长沙的夜晚来得突然，黄昏极短，仿佛没有过渡，稍不留心天就黑了下来。八点天色就完全暗了，这在乌鲁木齐应该是夕阳里，是回家的途中，可是在长沙学习的日子，八点已经是晚饭后了。我们这一群来自北方的人不适应时间的错位，长夜漫漫，无法入睡，就在学校附近散步。今天从学校门口往南走，一路走下去，路过水果店、零食店、小吃店，转一大圈再绕回来；明天往东走，遇见市政府、草坪绿地，去超市再兜一个圈子走回学校；后天往西走……不出一个星期，以学校为中心，方圆一公里的地方都被我们用脚步丈量过了。我们对比着：这个小吃在新疆是酸辣的，在这里居然是甜的，那个开花的树是新疆没有的……我们用这样的方式了解、熟悉长沙。就这样，没有几天我们对学校的周围就没有了好奇和惊讶。

也是一个无所事事的夜晚，在院子里散步，院子不大，不一会儿就走到了边界。我好奇，绕到学院的侧面一条小径上，不知道这是通往哪里的路。无心地说着闲话，走着走着，突然就看见右前方的地上飞起一个亮点，想要仔细看时，忽然就不见了。我上前几步，在它消失的地方蹲下来寻找，地上只是泥土，什么也没有。它像是从这个世界上消失了，又仿佛从来不曾出现过。看我怅然的样子，同行中的人说，那是萤火虫。

每天上午都有文学大家来讲课，讲的也都是些为文的宗旨和要义等。每每听到会心处，觉得畅快淋漓，但内心不免惴惴不安，总会在内心深处思量一下，文学与我、我与文学的意义在哪里？

自从少年时写过一篇有关暗恋的文字，却被误读成励志的文章发在了省报副刊一角，我就慢慢习惯了用文字表达自己的想法。那些情绪的文字变成铅字的时候，我欣喜自己的宣泄有人愿意读，这是写作的最初乐趣。在那些年少不知愁的日子里，因为青春的冲动写了些散文、随笔，这些都是不自觉地表达，有些甚至有表演的成分，或者为了证明，或者为了表白，或者为了纪念，或者为了感谢，等等，不一而足吧。

这些文字在当时也是真诚的，但在现在看来用词造句不免矫情和艰涩。从学校出来，从事着一份和文字有关的工作，每天在一尺见方的副刊上摆弄着别人的文字，自己倒没有写什么了。及至后来工作变动，我开始从事有关人文地理的写作。这个工作让我可以名正言顺地去各地采风，去体验不同的民俗风情，同时也写下了大量的有关人文地理的稿件。只是我的想法和别人的有点儿不一样。有一次我看一个同为人文地理专业的记者写伊犁的系列文字，不禁对他说了我的观点。那次我在电话中大放厥词了一番：首先是关注人。关注人的生活，过去人留下来的痕迹，现在人生活的处境和状态，而不是完全的地理。我狭隘地认为地理如果没有了人，那地理也失去了人文的意义，也就没有书写的必要了，毕竟我们不是在写科普的地理知识。其次是少用形容词，多用动词。少叙述，多白描。动词往往可以让静止的画面生动起来、活转起来，充满了你自己个性的动词，读之给人留有余味回想。再次是不要发无谓的感慨和泛滥的抒情。人们更多是想知道"他者"的生活，"他者"的生存状态，而不是写作人自己的感慨。那种泛滥的抒情最要不得，既没有个性、又引不起共鸣。读者知道你到底感动了没有。你都没有动情，就想骗取人家的眼泪，怎么可能呢？最后是善于运用材料。照搬材料那是愚蠢。改写材料，修修补补弄成自己的东西，也不是什么高明的做法。材料是背景资料，要对比着实际状况看，找出不同，要找到自己的兴奋点，然后把材料融会贯通到自己的文字中，写出自己独特的视角，才是聪明人的做法。我还是没有改掉唠叨的习惯，拉拉杂杂说了许多，最后没有听见他的声音，就我一个人对着话筒滔滔不绝了。好在，他是宽容的，没有制止我的唠唠叨叨。

其实，我理解的人文地理稿子是在写人的不同，不同的民俗和不同的地理环境下"他者"的生活状态，而文学作品是在写人的相同——是写人类普遍共有的情感体验和复杂的人性的可能性。

　　这是我自己写文字的一点儿体会，也是支撑我写作的动力。其实，我的人文地理稿件并不好发。常常有编辑问我："你写的这是什么呢？散文？不是。人文地理？不是。新闻采访稿件？不是。小说？更不是了。我不知道要怎么用这个稿子，对不起，我们发不了。"

　　这个时候，我的内心是茫然的。是啊，我写的这个是什么？我只是写下了我看见的，我感受到的，呈现在我眼前的，我为之动心的那些人和事。它们究竟是属于什么文体呢？它们不能算作散文吗？

　　我的散文写作也无可避免地有人文地理的影子。在我看来，是觉得自己内心想清楚了，也处理好这个问题了，但在别人的眼里，赵勤的散文是有很深的人文地理的影子。面对这样的解读，我自己也没有办法解释和回避，毕竟我只能写我熟悉的东西，写我可以想象的东西。

　　生活的复杂是无法理喻的，在经历了人事的变迁、人情的冷暖、世事无常的变故后，我不再满足于那些简单的呓语式的和那些人文地理的写作，我需要用别的方式来表达我对这个世界的看法。我想要写小说，我想弄明白这个文体的操持办法。但正是这个想法让我陷入了更大的迷惑：写什么？怎么写？我常常会感觉到没有力量，那种无力的空虚，那些我曾经熟悉的字和词都离我好远，怎么摆置他们都不妥帖，他们静立在那里，毫无用武之地。

　　写作这件事是残酷的。闯过青春期写作的过渡，也未必就能每一次架构自己，再重新建立。以为自己想清楚了，可以写了，也还算顺利的一小段时间过后，却是更大的迷惑。这个过程中还伴随着体能越来越差，灵感不常光顾，信心随之动摇。有时候终于适应了一种风格和表达方式，却又想从这种惯性里跳脱出来。有时候不知道写下的这些文字于自己有什么意义，于别人又有什么意义？常常在一种虚拟的世界里开心或者难过。这个世界很强大，我在其中无所不能。这个世界又很小很脆弱，它只是我一个人的，甚至经不起现实中最微小的质疑。

一直在这条路上走着，但不知道到底是什么引领着我懵懵懂懂地往前走。明明好像已经看到了结尾，可是还在走下去，那是因为不甘心就这样了，总想自己的文字还有其他的可能。

所谓的知己不过是在一定尺度范围内的默契和交流。这个世界没有谁可以真正懂得谁，没有谁可以承担谁。虽然也会有同道中人安慰我，但我知道，其实我一直都是一个人。

我们都很明白，没有永恒，没有将来，这条路也是一条寂寞的路，不归的路，已经复杂的心是变不回最初的简单的。我们在不同的路段付出、努力、小心、挣扎、纠结。因为文学，在应该不惑的年龄我却有了更大的惑。

懂得了这些，生活还是要继续，那些该来的还是要来，那些该去的还是要去。我所能做的，就是在这个过程中，努力地看清楚那些细枝末节，感受那些微小的变化，微笑着走下去，写下那些即将成为往事的现在。

在长沙听课的那些日子，我也常常审视自己的文学理念和理想，那些被忽略的常识问题和原初的问题再一次得到印证，有些疑惑的内心得到明确。

我是真的知道即使付出再多的努力和再多的情绪，可能也逃不出那个结果。但人生的意义是不是就在这个周而复始的过程中呢？你想要的不就是内心的平静吗？写作的过程很美好，生命中有意义的就是这个过程吧。

也是一个夜晚，散步结束回到房间，洗漱完毕，躺在床上。想起不几日就要回到北方的家，给他打了电话，我在电话中抱怨长沙的潮湿。这个城市的潮湿让我的腿不能适应，膝盖下面时常疼痛。这种疼痛让人恼恨，不知道会从什么时候开始，常常是走着走着，没有征兆地出现，那个感觉像有个人偷袭你，你在明处，敌人在暗处，你不知道他啥时候来。他有时候来打一下就走，有时候来了纠缠着不走，这时候疼痛不剧烈，可是隐隐地一直痛在那里，也是无法忽视。他说："可是采风的行程安排得很好啊，有张家界呢！"

我还是跟他抱怨，那些山很神奇，像阿凡达里的情景，但他们显然和我的生活无关，我甚至无法洞悉这里一棵小草的生长，又怎么能了解那些山川、河流的秘密。我是北方人，我的骨血和气质也是北方给我的，这是没有办法消除的。和这些山的相遇，注定了仅仅是一场有预谋的相遇，我看那些山，和那些山看我一样，谁也不会记得谁。

他说："难道长沙就没有你留恋的东西吗？"

"有呢！"

"啥？"

"萤火虫。"

"那很简单啊，你到晚上再去院子里走走，也许还会遇见的。"

"我也是这样想的，但那次见过萤火虫以后，我每天晚上都去溜达一趟，再也没有见过啊！快要走了，也没有几个晚上了。要是我能再遇见，那此次长沙之行就完美了。"

正说着，床的一侧飞起一个小亮点，并一下飞到了茶几上的苹果旁，我愣在那里了，真的是萤火虫，我又看见了它，在我的房间。一个小亮点就在那里，一动不动。电话那头的他惊诧于我的奇遇，我告诉他，我要挂电话了，因为我要去看看那个萤火虫。我蹑手蹑脚地走过去，它却已经不见了，苹果旁边没有，茶几上没有，椅子上没有，地上没有，墙壁上也没有。我把房间的灯全部打开，徒劳地又找了一遍，还是没有看见它的影子。它又像上次一样消失了，就像它从来没有来过一样，只剩下我一个人呆呆地站着回想它轻盈地飞起来那一刻的神奇，像一个梦那样，又美好，又不真实。

对诗的女人

"村里有人要和我结婚，可是七十岁的男人我看不上！但我看上的四十几岁的男人，看不上我。其实我还是挺想结婚的，只是在刀郎部落里不太好找呢！"看到祖姆热提给我们说这个事情时的神情，你是完全不会把慈祥、安详、漠然、威严、垂暮之年等诸如此类的词语和她扯上关系的。今年已经七十二岁的她，是在考虑一件很重要的事情，是在给我絮叨她这个夏天的心事呢！

祖姆热提家的小院落掩映在一丛柳树枝条后面。刚走在村里时，要不是孜拉莱走过去拨开密密的垂柳枝条，推开那扇原木色的实木窄门，我们谁都不会想到那里还有一户人家。

院子并不大，是传统的维吾尔族人家院落，宽廊下的凉台连着房屋前面的屋顶。小而旧的板床，旁边是个不大的泥土灶台。灶台上面的墙上留出了一个窄小的平台，依次排开摆放着装油盐酱醋的瓶瓶罐罐，调料瓶边上还有一个装果汁的玻璃瓶，里面插了两支塑料的绿叶红花。灶台再过去又有一个小小的泥土平台，平台上放着铁锅、烧水的铝壶，还有一个洗手用的土黄色的塑料壶，几样简单的灶具，摆放得有条有理。最让人动容的是，铁锅旁边居然还有一盆花，依然是塑料的假花，依然落了些土，在黄泥土炉灶旁，和锅、壶安然地一起摆放着。塑料制品的艳丽在这里没有显得俗气，倒有些让人感动。

我拿出相机拍下了这个放有两处假花的黄泥土灶台。镜头里，它们就像摆好的写生静物。

一个穿着粉红色长裤、粉红色裙子、裙边带着蕾丝花边的老人慢慢地走出来。她戴着围巾，眼睛很大，因为皮肤的松弛眼角有些下垂，鼻梁骨直挺，鼻头饱满而小巧，鼻翼两侧长了些老年斑，嘴唇不大，却还有些红颜色。面颊上有很深的皱纹，整个脸看上去像个严重失水后皱皱巴巴的苹果，但居然很美，是那种饱经沧桑后的美。

看见我们，她显得很高兴，孜拉莱和她打招呼，告诉她我们想听听她年轻时候的事，关于麦西来普上对诗的事情。她听明白了，含笑不语。去房间一趟，再出来的时候，身上套了一件黑色的坎肩，抱着带金线的传统维吾尔坐具，铺在宽廊凉台下一个不大的板床上，招呼我们坐下来。板床有些年头了，坐上去嘎吱嘎吱响了几声，让人不由担心会不会塌掉。但她平静地转身去倒茶，又去房间拿馕，掰给我们吃，忙得不亦乐乎。弄妥了吃的、喝的，她有点儿茫然地笑着，看看我。孜拉莱给她解释说我专门慕名来听她说那些麦西来普上的诗句。她好像听明白了，只是她转身又去了屋内，好一会儿没有出来，把我们几个人晾在她家那个小小的板床边，坐也不是，走也不是。正在犹豫间，她又颤颤巍巍走了出来，原来她在屋子里翻找了一会儿，拿出用两条纱巾包好的一包东西，递给我。打开一看，是摆放整齐的磁带。她这才说是要找一个好听的舞曲。原来她很高兴家里来了客人，要跳一支舞给我们看。屋面的窗台上放着一个二十世纪八十年代流行的那种手提式小录音机，孜拉莱把磁带放在里面。不一会儿磁带开始费劲地转起来，一会儿有声音，一会儿没声音。还没有等她把声音调到满意的程度，就看见祖姆热提已经在廊下跳起舞来，很自在，动作不快，但都踩到了节奏上，旋转很轻盈。谁能想到她已经七十二岁了，刚才走路还有点儿颤颤巍巍呢！

司机图尔洪看见她一个人在跳舞，不由得上去和她对舞。他们跳的是刀郎舞，两人先是对面走斜线，左右交叉换位，再面对面直线交叉换位。舞步是前两步稍快，后一步一踩，即两步一并。同时双手左右推拨，随后快速擦肩对背并转身，紧接着退步并旋转。随着节奏越来越快，旋转也变化为比赛和竞技……

我们拿起"长枪短炮"拍他俩，她没有丝毫扭捏，反而极具表现欲，跳得更有力，笑得也更自信。虽然图尔洪比她小那么多，可是在最后旋转时，她一点儿也没有示弱，一直配合着图尔洪旋转到一曲终了。

她对图尔洪竖起了大拇指。她不知道，图尔洪虽然是县文工团的司机，但他不只会开车，还会编舞蹈，他有时候是导演，有时候是鼓手，当然更多的时候是司机。

我说她走路看着颤巍巍的，跳起舞来却很轻盈。谁知这句话却勾起了她的陈年往事，她说："年轻的时候舞跳得也好，玩得也好，朋友也多。现在七十多岁了，朋友都很少见了，漫漫长夏，闲来无事，想起那些年唱歌跳舞的事情，都想哭……"

据说那时候祖姆热提貌美如花，才思敏捷，在麦西来普上常

常把一大堆大男人辩得理屈词穷，男人对她又爱又怕。七十多岁了，她的思维活跃，滔滔不绝地说起了许多诗句，但我们听来是混乱的，因为她一会儿说维吾尔语，一会儿说国通语，并且说得又快又急。我用笔显然记不下来，就打开录音笔，放到她跟前。这个动作可能触动了她，她说着说着，突然唱起了"亲爱的毛主席，毛主席……"用的居然是国通语，并且吐字清晰，发音标准。

虽然我没能记下她说的全部诗词，但还是抄录了几句：

> 你的爱人在阿克苏
> 你的鞋跟掉了也不知道
> 早上吃饭也不香
> 你的车轮下鸽子能不能过
> 我们一星期没有见面了
> 你想不想我的黑眼睛

看我对她背的情诗感兴趣，她拉了拉我的衣袖，有点儿调皮地笑着说："我好好想想，可以说上几千个情诗呢！你把我带到乌鲁木齐去，我天天给你唱歌、对诗、跳舞！"

我看着她，不知道说什么好。

她笑得更厉害了，说："我还会烧水，别看我年龄大，我还能给你洗衣服呢！"

见我怔在那里，图尔洪说："她跟你开玩笑呢！"

我不知道说什么好，就学她，含笑看着她。在我的注视下，她略有些羞涩，好像是为了掩饰什么，她转身又去房内拿出一碗白砂糖，放在餐布上，端起我的茶水，倒掉已经有点儿凉了的残茶，重新续上热茶，又挖了满满两大勺白砂糖放在我的茶碗里，看着我，示意我喝茶。孜拉莱说出了她没有说的话："家里没有啥好东西来招呼我吃，她觉得很抱歉，喝点儿糖水，解解渴。"

孜拉莱和她拉家常，祖姆热提说她只有一个女儿，也有三十几岁了。女婿是县城一个大餐馆的老板，他们在县上住，一个月来看她一趟，带来些吃的、用的，帮她洗洗衣服、床单什么的。平常就她一个人在这个房子居住，有时候十天半个月也没有一个人来串门，她连个讲话的人都没有。丈夫托合提亚去世七年了，去世的那年他七十五岁。

说起她一个人在这个小院生活，寂不寂寞，她说其实村里也有人想和她结婚，但年龄不合适，高不成低不就的，也就只能这样了。

孜拉莱问她想找个啥样的，她倒没有羞怯，说七十岁的她看不上人家，四十岁的，人家看不上她，也是不好找呢！年轻的时候，找过一个比自己小十五岁的男子成了家。那年他五十岁，她六十五岁。结婚前他风趣幽默，也喜欢木卡姆，喜欢玩，他们经常在一起参加活动，慢慢就有了感情。可是结婚后他也还是爱玩，常常是白天出去到处胡逛、玩耍，晚上回来睡觉。既不干农活，也不管家里的事情，日子没有办法过下去，这一段婚姻没有维持多久。

可是这和她前面说的只结过两次婚，女儿已经三十几岁了，好像有点儿对不上啊？面对我的疑问，她好像没有听见，并不搭话。她只是有点儿出神地看着院子里的葡萄架……

我和孜拉莱窃窃私语，正说着话，她却一转身，进屋去了。过了一小会儿她回来了，慢慢侧坐在板床沿前，两个手去掏黑色坎肩的口袋，掏出一个小小的、带着一点儿碰伤的苹果，递给我，示意我吃苹果。后来孜拉莱告诉我，这是她家里唯一的一个苹果了，她女儿和女婿还要过几天才会来看她，给她带吃的。

我们又坐了一会儿，起身告辞，来了好几个人，她却独独拉着我的手，依依不舍的样子。

告过别，我们几个人已经走出了院门外，车已经发动好，我拿起相机，正在拍柳树枝下她家的院门。只见她又颤巍巍走出来，径直走到我面前，缓慢地摸着我的脸、头发，絮絮低语："你真像我的孩子！快到中午了，你也没有吃点东西就走！我给你做拉面，你吃了再走吧？"

经历过很多事情以后，已到中年的我，还会常常想起那个掩映在柳树下的小院子，那个曾给了我一个有点儿碰伤的苹果的老人。

舞　者

音乐响起来的时候，古丽格娜就不由得抖动起来。她说她不能听到音乐，音乐一响她浑身都想动，控制不住地想跳舞。

古丽格娜耳朵上扎了三个耳洞，上面戴着两个闪闪发光的小耳钉，下面戴着一个大大的耳环。身体一转动，大耳环就晃荡起来，别有一种风情。

在刀郎部落景区的歌舞团中，她长得不是最好看的，但只要一跳起舞来，她就可以在一群人里显出来，专注和投入的样子和别人有点儿不一样。

很多人是慕名来看刀郎人的生活习俗的，他们这个小小的歌舞团，一天要跳好几场舞蹈。早上景区第一批客人来的时候开始跳迎宾舞，午饭时间要在宴会厅给客人表演刀郎舞和刀郎游戏，宴会结束后接着到院子里的葡萄架下去给散客表演刀郎舞。并且只要有客人来，她们就要跳迎宾舞，有的时候一天要跳十几场迎宾舞。

天天这么跳舞，几个女孩子和小巴郎（意为"男孩子""儿子""孩子"等）就学会了偷懒，她们拖沓着，手和脚一伸一展都有点儿懒洋洋的味道，只有古丽格娜真心实意地跳着。你可以从她身体的一起一落和眉眼的转动之间感觉到她的喜悦，那种舞蹈的喜悦。你看她跳舞，可以看出她很享受这个过程，不仅仅是表演给别人看，自己也沉浸其中。

音乐中，此刻她在旋转，她的脸上有种发自内心的笑意，这个是她和那些女孩子不一样的地方，让你一眼就可以从一群舞蹈的人中看到她。

刀郎部落的人议论古丽格娜跳舞的时候，笑得妖娆，神情有些野，有的男人说得更露骨，说她跳舞的神情有点儿骚，带着挑逗的意味。她自己倒是不在意：我就要这么跳，就要这么笑！

古丽格娜是见过世面的人。从小她就爱跳舞，学习成绩倒是一般。初中一毕业，她就闹着不上学，要学跳舞。爸爸拿她没有办法，只好把十几岁的她送到新疆艺术学院中专部学了三年舞蹈。毕业后因为太爱跳舞了，渴望更大的舞台，她和同学以及老师在深圳、福州等城市的舞厅、歌厅跳过舞。

走在刀郎部落景区里的葡萄长廊下，古丽格娜说起在深圳的海上，有一个很大很大的船，古丽格娜和一群俄罗斯姑娘小伙儿一起跳舞。虽然给的工资不低，舞台很大，灯光很亮，可经常吃不到家乡的饭菜。有时候还会遭到无良客人骚扰，古丽格娜脾气直，遇见这样的事情会很暴躁。那时候她特别想家，想着在新疆南部的阿瓦提，那么多人喜欢跳舞和唱歌，那些老人跳起舞来多么畅快，如果家乡有这样一个舞台就好了，她就可以在家乡跳舞了。

十八九岁的她还是个孩子，可是已经在千里之外讨生活了。

想家的时候，就给爸爸打电话，妈妈走得早，她是爸爸的小棉袄。每一次她都是笑着说自己在深圳很好，很快乐。有人说女儿是爸爸前世的小情人，知女莫如父。去年年底，爸爸在县上看刀郎部落景区在招聘舞蹈演员，就让她回来了。现在她已经在景区工作了三个多月了，主要工作就是跳舞，这正是她喜欢的。

"这个刀郎部落景区啊，就是集中展现刀郎人的文化、民俗的地方。我们刀郎人最乐天知命，虽然生活在大沙漠的边缘，可是最喜欢唱歌跳舞了。每年十月初的时候，地里庄稼收完了，大家都到广场上去跳舞，那是万人麦西来普啊，那个场面宏大的哦，你想象得出来吗？那些刀郎老艺人吼起木卡姆，是要让人落泪的。"她告诉我。

在深圳生活，天天都要说国通语，虽然她还是不会写，但讲话、一般交流不成问题。她讲得有点儿快，又说得急，脸上泛起一些红晕，有点儿可爱，和她刚才在舞台上跳舞的风情比起来又是另一种样子。

三月份古丽格娜报考了新疆教育学院的舞蹈系，现在通知书已经来了，要学五年，毕业了是本科学历。古丽格娜却说她很犹豫，要不要去上这个学。

"你喜欢跳舞就应该去学啊，可以深造不是很好吗？"我说。

"我只是喜欢跳舞，我不是想当舞蹈家什么的，我只想每天都可以跳舞。去上学的话，起码有三年半是在学习理论知识。我喜欢本民族的刀郎舞，我喜欢现在的这个工作。每天有那么多人来景区参观考察，他们在了解、体验我们刀郎文化。我能在这里工作真的很开心。"

她接着说:"我们这个舞蹈团一共十一个人,六个男孩,五个女孩。在女孩里,现在我是最胖的,都五十六公斤了。在深圳的时候只有四十七公斤。在刀郎部落景区跳舞,心情放松,又经常吃羊肉,体重一天一个数。现在我晚上都不吃饭了,我要减肥,我要跳舞!"

对于未来的日子,古丽格娜没有太多想法,她现在最烦恼的事情就是怎么样才可以减掉身上的赘肉。和我讲话的空当,她一直在用手捶肚子和腰腹部。我问她,胖了以后男朋友有没有嫌弃她。一直大大咧咧的她,羞涩地红了脸说:"我还没有男朋友呢!不过,就是我有男朋友了,他也不能嫌我胖!我减肥是因为裙子都穿不上了,跳舞不轻盈不好看了,可不是为了取悦他的。女人要是为了男人减肥,那得有多愚蠢啊,你说是不是?"

没有想到这个小姑娘还有这个见识,我有了好奇心,问她喜欢什么样的男人。

"哈,我喜欢你们汉族男人呢!"

"为什么?"

"汉族男人不重男轻女。要是找了汉族男人,我结婚后肯定还可以跳舞的。"

原来她打这个主意呢!"如果你很爱一个人,他也很爱你。可是他不喜欢你在舞台上表演,让你结婚后就不要跳舞了,你怎么办?"

她说:"那我就求求他,让我可以跳舞。"她说完,轻轻咽了咽吐沫。

"如果他还是不愿意呢,他就是不喜欢你到舞台上抛头露面呢?"我也不知道自己怎么会这么固执地让她选择。

"那,那我想一想。"她略迟疑了一下。

"我怎么会爱上那么一个人——这样不喜欢我跳舞的男人也不会爱上我的。我生来就是要跳舞的。不能跳舞,那样活着还有啥意思?"她说。

她的这个回答,倒是让我有点儿意外。我看了看她,脸上有点儿黑,眼睛没有一般少女的娴静和温顺,倒是真有点儿野性。这一刻,我真的有点儿喜欢她了。这样一个见过"大世面"的少女终究是年轻气盛的,如果让她再经历一些俗世的磨砺,她还有坚持梦想的勇气吗?

但愿她有。毋宁说,我希望她有。

酿 酒 师

说来也奇怪，县里、村里那么多人都会做慕萨莱思，可都没有阿布达尔做得好。他做的慕萨莱思喝多少也不会头疼，不会吐。

每年夏天，葡萄还没熟，他家的慕萨莱思就已经被预订完了。他一年也就做那么一点儿，不到两千公斤，这对于喜欢喝着慕萨莱思过冬的阿瓦提人怎么能够呢？

阿布达尔退休了以后，在县城边上买了个大大的院子，专门收拾了房间作为做慕萨莱思的场地和储藏的地方。院子里种满了葡萄，他大部分时间都在侍弄院子里的葡萄和瓜菜。

初夏的一天，我去他家的院子找他说慕萨莱思的事情，看见果真是一院子的葡萄。

院子里面种满了木纳格（葡萄名）、红葡萄，一串串青色的小籽籽是还没有成熟的葡萄。看这个样子，秋天的时候可以收获很多葡萄，光吃自然是绰绰有余，可是他要做慕萨莱思就不够了，何况他做的慕萨莱思供不应求。

其实说起来阿布达尔做慕萨莱思的方法和别人也是一样的，

以前村里有人来观看过他做的全过程，据说和别人也没有啥区别，一样是葡萄，一样的烧煮，一样的封存，可是口感和色泽就是卓尔不群。再不懂喝酒乐趣的人，也是可以喝出阿布达尔酿的慕萨莱思的，那种醇厚、干爽的独特口味别人家的没有办法达到，这真是令人百思不得其解的事。

我问他酿造的秘方，他笑着说："没有啥秘方，只是在做的过程中要严把质量关。"

"怎么严把质量关？"他说："首先在选料的时候要注意一定选百分之百成熟的葡萄，并且还一定是阿瓦提县当地产的一种红葡萄，或者那种叫'和田红'的葡萄。这样的葡萄酿造的慕萨莱思颜色呈琥珀色，成分对身体好。村里有人在选料的时候不认真，把没有成熟的、坏的葡萄也选进去了，这样做出来的慕萨莱思口感会酸、涩，并且成分也不会好。至于那种用萎蔫了的葡萄酿造慕萨莱思的，口感就更不好了。选料是不能偷懒的事情，虽然没有人监督你，但如果你不尽心，做出来的慕萨莱思一定是不好喝的。"

"还有在烧煮的时候一定要煮到十八到二十个小时，火要适中。火太大，蒸发量大，慕萨莱思会过于黏稠；火太小，蒸发量不够，慕萨莱思浓度就不够。那些口感不好的慕萨莱思有些就是因为在烧煮的时候没有煮够时间，或者火候掌握得不好。"

"那你是怎么恰如其分地掌握火候呢？"

"我用柴火烧，不用煤，更不用天然气。"

"烧柴多麻烦啊，到哪找那么多柴火，为什么不用煤或者天然气呢？"

"那种化学原料烧出来的火和柴火烧的火不一样，柴火烧的火软。"

"柴火烧的火软？难道煤烧的火硬？火还有软硬之分？"

"那是当然了，柴火烧的火，绵软，但却有柔韧的力道。不像煤和天然气烧出的火，干燥、暴虐，力道也是有的，但是刚硬了些，不适合烧煮慕萨莱思这样有后味、有浓度的液体。"他看我一眼，接着说道："再说了，烧柴好掌握火候，火大了，抽掉一些柴，火小了，给炉膛里多放一点儿柴。地里那么多棉花秆，还有院子里春天剪下来的葡萄枝，都是柴火。我的慕萨莱思就是靠烧柴火烧煮出来的。"

"煤和天然气烧的火，硬；柴火烧的火，软。大家不是都知道用柴火烧的火，蒸的馒头要好吃，就像我们用梭梭（一种植物）烧火烤肉就比城里无烟煤烤得好吃，是一样的呀！"

见我说不过他，他有点儿得意地笑了笑。

人世间总有我们弄不明白的事情，煤、天然气和柴火烧出来的火到底有没有区别？如果有，那又是怎样的一种区别？可能是一种玄妙的哲学问题，是我无法洞悉的秘密。但阿布达尔固执地用柴火烧煮慕萨莱思一定是有他的道理。

这是个方正的院子，房前有葡萄架搭起的长廊，往前走可以看见院子前面还有一块很大的地，地里除了葡萄还种了苹果树、梨树、杏树。树和树之间的空地也被利用起来，种了些西红柿、茄子、辣子等蔬菜，挨着树根的地方是茂盛的小白菜和韭菜，埂子上长着一溜儿大葱和鹰嘴豆。

他抬头看着一院子的郁郁葱葱说，这个院子曾经是我的家，也是我去年花了二十五万又买回来的。

看我不解的表情，他接着说："前些年，我和妻子卖掉了家里的七头牛和三只羊，倾尽所有买了木料、砖、水泥和沙子，盖了这个房子和院子。我们栽种了葡萄，孩子们喜欢吃杏子和苹果，我们问邻居要了树苗栽上。那些年我们的一个儿子和两个女儿一到果树成熟的季节，放学就爬上树摘果子吃。他们三个的童年都是在这里度过的。有一年一个朋友家里出了点事情，急需要钱周转，我给他做了担保，用这个房子抵押贷款。后来朋友离开村里，他家剩下的不是老人就是孩子，还不了贷款。法院来评估了十五万，卖掉了这一院房子。我和妻子带着孩子住到了亲戚家，又东挪西借凑了些钱，在另一处买了个小院子安置下来。再后来朋友情况好了些，又回到了村里，也给我们还了些钱，但不到十五万，我们还是买不起原来的这个院子。这两年我退休了，烧煮慕萨莱思赚了些钱，再加上这几年的积蓄，还有朋友还的那些钱，凑了二十五万，好说歹说，才买回来这个院子。整整过去了十二年，我又住回到了这里。"

说到最后一句的时候，他笑了笑，有点儿自得的那种表情。

想想也是，一个人经过十二年的时间，又回到了自己日思夜想的家，那要经历了多少外人不知道的事呢！

"那你后悔不，给朋友做担保？"

"也没啥后悔的，当时我也只能那么做。他是我从小一起长大的朋友，他妈妈病了，需要钱医治。我也帮不上什么忙，那时候我能做的也只有替他担保了。是我自己喜欢这个院子，我一直都想回来住。孩子们都工作了，也不经常回来，平时只有我和老伴在这里。人老了，就愿意待在老地方吧！"

"法院来卖你房子的时候，你恨他吗？"

"哎，说不清楚吧！花了那么多钱，他妈妈还是不在了。一个没有多少文化的男人那样一走了之，也是没有办法的一种解脱吧！后来他想通了，就又回来收拾残局了。现在我们住的地方离得也不远，也有来往。但或许是人老了，有些生疏了。"

"不过，他喜欢我烧煮的慕萨莱思，我每年做好了，也会让孩子给他拎去一些。"说完他又补充道。

其实县里、村里喜欢阿布达尔做的慕萨莱思的人很多，但他一直也没有扩大生产量，他说自己只是喜欢烧煮，并没有想过要把小作坊发展成大工厂。他的儿子和女儿也没有要继承他手艺的打算，也就是他忙的那些天，回来帮着做做饭。

县上有个慕萨莱思协会，阿布达尔是会长。大家现在都叫他阿会长，他听了很高兴，好像这个头衔比他上班时那个县教育局局长大多了。说起来阿会长也是有具体工作要干的，每年秋季他都要带领着会员和协会其他领导，去一家一家检查会员制作的工艺和卫生环境是否达标。

县上除了有很多像阿会长这样的家庭作坊在做慕萨莱思，还有三家企业，也在生产慕萨莱思。这三家企业也都是慕萨莱思协会的会员。县上每年秋天举办慕萨莱思狂欢节的时候，大家把自己做的慕萨莱思拿出来，让更多的人品尝，选出口味最好的，给评个奖。阿布达尔是最权威的评委，但他从来不把自己做的慕萨莱思送来评奖，他不在意别人怎么品评他的慕萨莱思。

那些烧煮慕萨莱思的人家，大多还是延续着很多年前的风俗习惯。每到秋末冬初的时候，农闲了，慕萨莱思发酵好了，大家轮流坐庄，煮好羊肉，拿出慕萨莱思畅饮，看谁家的慕萨莱思烧煮得好。一个冬天，大家都是在晕晕乎乎中度过的。

在阿瓦提的那些天，我一直都在想这个问题：天下已经有这么多葡萄酒了，这个新疆南部阿瓦提县的人们为何还要这么费力地酿造葡萄酒呢？他们是什么时候开始种植葡萄的？又是在什么时候掌握葡萄酒酿造的秘密的？他们在酿造的过程中耗费了多少热情和光阴？……

阿瓦提从五月就开始期待着九月的那一场秘密酿造。村子周围能看见的地方，都是葡萄树，都是等待酿造的青青葡萄。

每一个装着慕萨莱思的大缸都相约守密，在五月的阳光下沉默不语。

卡龙琴师

当时，我探头一看，透过院子里的葡萄枝和高大的桑树枝叶，只见高处的树杈上站着一个中年汉子，手里拿着个斧头，正在修剪树枝。他站着的那个姿势，那个砍枝条的动作，那娴熟和不在乎的样子，一点儿也不像六十多岁的老人。

羊圈旁边是柴火堆，柴火一直堆到了羊圈顶部。杨树就生在羊圈围墙边上的柴火堆中。那些杨树，已经很高大了。六十五岁的阿巴斯站在三四米高的柴火垛上，手持斧头在砍杨树条。

那是在修剪树形，顺便把那些砍下来的杨树条抱到羊圈，给羊吃。圈里只有两只小羊，围着他抱来的树枝摇头晃脑地啃了起来。他心满意足地站在羊圈里看了一小会儿，蹲下来顺着羊脊背摸了摸，听见老婆叫他才站起来。临走的时候，又分别抱了抱两只小羊。小羊只顾吃草，并不配合他的拥抱。

这是个体格高大健硕的女人，头发却是不相称的淡黄色，稀稀拉拉地挽在脑后，一脖子赘肉，两只水汪汪的大眼睛盯着人看。我在她的注视下莫名其妙地有些不自在。她在跟我们抱怨，说阿巴斯今年年初去县上参加木卡姆的弹唱活动，回来的时候已经天黑了，进屋时不小心闪了一下，他伸手扶墙，没有扶好，把右手无名指弄断了。在家里休养了三个月，还没有好。

在家坐不住的他，听到哪里有麦西来普，还是跑上去。手指不利索，不能弹乐器，他就跪在乐队前（民间刀郎乐队有跪着弹唱的习俗），喊刀郎木卡姆。在村里，人们习惯叫"喊木卡姆"，而不称"唱木卡姆"。

这个女人是在抱怨，可听着那语气里分明还有一种赞许的意味，听起来并不像是真心抱怨。我们在院子里闲逛，院子不是很大，收拾得很干净。门前有三棵杏树和一棵桑树，都挂果了，长势喜人，郁郁葱葱的。她伸手摘了些杏子，在衣角擦擦就递给我们，示意可以吃了。树下种着一小片韭菜和小白菜，绿油油的。

看着我羡慕她家的院子，她接着抱怨：这些果树、花草都拴不住阿巴斯的心，他就对木卡姆、乐器，还有那几只小羊喜欢得不行。不是自弹自唱，就是捯饬木头做乐器，要不就是爬高上低地给小羊找草吃！

阿巴斯是县文化馆退休的老干部，说起木卡姆艺术，他滔滔不绝，显得有点儿激动。用他自己的话说："手鼓很简单！我十二岁之前就会打手鼓了，十二岁的时候就可以完整地唱下来所有木卡姆。一九六〇年四月十四日被县文工团招去当演员，就是因为我会唱阿瓦提县的所有木卡姆！"

不知道为什么，他说得越是自信肯定，我越是怀疑其真实性，这也许是我的偏见。那毕竟是五六十年前的事情了，他还能记得具体的年月日吗？而且一个十二岁的乡村少年怎么可能会唱所有的木卡姆还会打手鼓呢？

　　同来的干部小李告诉我，阿巴斯是县里文工团的干部，已经退休几年了，可他闲不住，常常会跑到原来工作过的地方，看见年轻人练功，他都要指点一下。他告诉人家卡龙琴（一种拨奏弦鸣乐器，为十二木卡姆的主要乐器）要这样弹，要那样拨弦。一开始还是有年轻人和他学习，可他太爱表现自己，总是要说自己当年咋样学艺的，他一辈子都献给了刀郎木卡姆。说得久了，现在的年轻人难免会心情烦躁，没有人爱听他唠叨，有时候还会揶揄他一两句："你一辈子都献给了刀郎木卡姆，你的卡龙琴弹得最好，你去把身份证上的名字改成阿巴斯·木卡姆或者阿巴斯·卡龙吧！"他找不到爱听他讲话的人，就总是一副很郁闷的样子。所以有时候见人家愿意听他讲话，他会拉着人热情地讲个不停，直到人家已经听腻了，面露厌色，他还在滔滔不绝……

　　他很肯定地告诉我们："阿瓦提县的木卡姆是我一个人收集整理的。我这一辈子献身木卡姆，就是现在年龄大了也还是想尽可能地为木卡姆做一点儿事情。"他说这个话的时候神情是毋庸置疑的肯定，但据一起来的县里的干部听他讲话时的表情，我推测这个说法的可靠程度有待考证。

　　也许是我脸上的表情影响了他，他极力要给我证明什么，接着说道："我有一个历史悠久的卡龙琴，距今有一百五十年了！"当我表示要看看，他支支吾吾说不在家里，被阿克苏地区博物馆收藏了。看我有点儿怀疑的眼神，他继续说："我会做卡龙琴、手鼓、艾捷克（一种擦奏弦鸣乐器），我们刀郎人的乐器就没有我不会做的。"说着，他揭开板床上的毯子，板床下的地上堆着很多木料，有些已经是乐器共鸣箱的雏形，可以看出来那些真是用来做乐器的。

当我问起他是怎么学乐器的，他说小时候家里穷，养了些鸡，每天给鸡喂饲料的时候，麻雀也来吃。父亲把一个破旧的卡龙琴挂在院子里的树上，上面系着铃铛，风一吹过来，卡龙琴就响。这个声响用来赶麻雀很管用。阿巴斯听着那些声音很好听，就解下来，放在家里。几年后，邻村有个上过中央民族学院的人来到家里做客，无意中看到了那把破旧的卡龙琴，很喜欢，想要拿走。阿巴斯给客人说这是父亲留给他的遗物，要留着作为纪念，没有给他。

阿巴斯用他的思维方式想：这么破旧的东西，别人既然都想要，一定是个好东西，那我为什么不留着自己学学呢？于是他就自己摸索着装上琴弦，练习弹奏。县里会弹卡龙琴的不多，弹得好的就更少了，为了学习卡龙琴的弹奏方法，阿巴斯还去巴楚找热夏提·艾拉学弹卡龙琴。热夏提·艾拉是喀什有名的卡龙琴师，人称"热夏提·卡龙琴"。

但其实卡龙琴非常难学，他在巴楚待了十三天，家里有事情，只得先回家了。后来，阿巴斯又把热夏提·艾拉请到阿瓦提县自己家里，好吃好喝地招待老师，自己则悉心地学习和求教。这样跟着老师弹了一个月，老师才走，阿巴斯就开始自己练了。

因为家里只有那一个破旧的卡龙琴，弦还是阿巴斯自己装上去的，他和这个民族其他男人一样喜欢鲜艳的、亮闪闪的、新的东西，他就自己研究卡龙琴的制作过程。他拿块桑木自己挖、雕、推、刨，经过几次试验，居然真的做了一个卡龙琴，装饰得很好看，弹起来音色也是很美好、清越的。

不能否认他真的是心灵手巧，后来他又自己摸索着做了七八个卡龙琴和一些手鼓、艾捷克等。同来的县上干部也说，县文工团也曾经在他这里买过乐器。

他大约是说得有点儿累了，进屋把家里的卡龙琴、手鼓、热瓦普（一种拨奏弦鸣乐器）拿出来，一一摆在廊前的板床上，一个一个弹给我们听。不大的板床就是他的舞台，他弹得投入，唱得忘我，好像下面有几百个观众在聆听。我和县上来的干部对视一下，那是他在告诉我阿巴斯就是这样自我。不过在他弹奏卡龙琴的时候，我还是被震撼了。卡龙琴发出的那种清越的声音，像是空中裂帛的声响，一下子就抓住了你的心，那么多婉转的心事和缱绻的心绪都被琴声勾出来了，让人不由惆怅起来。

有传说指出卡龙琴是希腊文化中竖琴的变种，又有传说认为史籍中称"七十二弦琵琶"的就是现在的卡龙琴。到底哪种传说是真的，没有考证过。面前的卡龙琴形状酷似扬琴，琴身用桑木制成，共鸣箱呈中空的扁梯形，左曲右直。琴身整体有点儿梯形的样子，一头宽，一头窄，长长短短三十二根弦，一副其貌不扬的样子，却又能发出那么干净、明亮的声音，真是叫人难忘。

不知不觉一个多小时过去了，他也已经唱累了。但他依然抱着热瓦普说：小时候就喜欢音乐，一听到音乐他的手指就抖，就想弹奏。如今他把自己的四个儿子、两个女儿都培养得会弹奏刀郎乐器，尤其是三个儿子都会弹奏卡龙琴，这在县城是个难得的大事。现在县上除了他和他的儿子会弹卡龙琴，几乎没有人会弹了，这让他很自豪和得意，他说这也是他把毕生精力都献给木卡姆的原因。

县上同来的干部听他说到这里，忍不住说："你为什么不全部教给你的儿子，为什么不愿意多带几个徒弟呢？"

"卡龙琴不好学。他们没有天赋，笨得很！"他脸上露出狡黠而快乐的神色，好像刚刚搞了个恶作剧，眼下正扬扬得意。

"你都没有教，怎么知道人家没有天赋？县上请别的地方的卡龙琴师来教，你又为什么罢工，不同意呢？"

面对这样的诘问，阿巴斯并不感到难堪和羞愧，他笑嘻嘻地说："县上有我会弹卡龙琴，为什么又要请别人来教呢？这样不是显得我弹得不好吗？那些年轻人自己不用功，又没有天赋，请别人来教，会让人家认为我们县的人都很笨。"

县上的干部小李偷偷对我说，他很自私，不教别人，就是他自己的儿子，他也没有全部教，也是有保留的。县上会弹卡龙琴的老艺人不多了，他很有点儿要拿把人的意思，在新的卡龙琴师没有培训好的时候，还不能惹恼了他。他不知道县上已经办了好几期卡龙琴培训班了，由外地请的卡龙琴师来教，学员有民间老艺人，也有文工团的演员。

可以想见，等到培训班的学员学好了，可以熟练弹奏卡龙琴的时候，就没有人请他去弹了。

他显然不知道这些，他神情自得地招呼着我们，给我们讲现在的年轻人是多么不爱学习、多么笨。他一边说，一边招呼我们吃杏子和桑子。

我和小李要走的时候，他一个人站在院门前的葡萄架下还在对着我们唠叨："整个阿瓦提县城没有人卡龙琴弹得比我好！"

赛里穆的割礼

　　五月的黄昏，村庄寂静，偶尔可以听到远处的狗吠。我和小李从村委会办公室出来，她叫我去她家吃饭，说是奶奶做了杏子汤饭，专门喊我去吃。

　　杏子汤饭，只有在春天才有。我前几天在裁缝茹鲜古丽家吃过一次。把树上还没有成熟的青色杏子摘下来，切碎放锅里，利用它的酸味调汤，放一点儿羊肉沫，放一点儿盐，放一点儿家里自己晒的香草叶，其余什么都不放。擀得薄薄的面片下在滚烫的锅里，这样煮出来的汤饭很好吃。小李给奶奶说了，我喜欢吃杏子汤饭。奶奶说自己做的杏子汤饭，没有人比得上，一定要我去尝尝。

　　村里有二百八十三户人家，只有五户汉族人，小李家是其中一户。她自小在这里长大，会说一口流利的维吾尔语。她在新疆教育学院上大学，这段时间在阿克苏一小实习，课不多，有时间就跑回来给我充当翻译。我们正说着话，一只流浪猫轻轻抬起毛茸茸的脚掌走过前面的垃圾堆。它竖起尾巴，肚子圆鼓鼓的，慢慢地穿过树林，消失在黑暗里。

这会儿正是家家户户吃晚饭的时间，村里没有多少人，附近房屋的窗子里传来电视机播放节目的声音。走过东边的土路，要拐向小李家的巷道时，突然蹿出个小人来挡在面前。原来是谢仁阿依的弟弟，一个漂亮的小男孩——赛里穆，他也是帕丽达的孙子。我第一次到村里来的时候，在谢仁阿依家借住过几天。我和谢仁阿依经常在她的闺房里聊天，赛里穆整天满屋子乱跑，把房门摔得啪啪作响。他很调皮，一刻也不闲着，我们早已经混熟了。后来，我还知道了他的秘密。

"赛里穆，你吓了我们一跳，穿新衣服了啊？过了明天，你可就是大人了啊，就不能这么疯跑了。"小李打趣赛里穆。

小男孩不说话，轻微地晃着身子，像在扭麻花。昏暗中，看不清他的表情。

"咦，赛里穆，你怎么了？"我问他。

"明天，明天的麦西来普，你来吗？"平时淘气的赛里穆，说这话的时候有点儿扭捏，他没有看我们，别过头去，眼睛看着我身旁的一株还没有开花的苹果树。

其实前几天我就接到了邀请，知道明天谢仁阿依家要为赛里穆举办隆重的割礼仪式，按照礼仪我还买了玩具，准备带过去做贺礼。但是今天的赛里穆好像和往常不太一样，没有那么淘气，像个小姑娘。

我还没来得及回答，就听到院子里谢仁阿依扯着嗓门在喊他回家："赛里穆，赛里穆，你又跑哪去了，妈妈在找你……"

我们眼前的小男孩，不等我们说话，飞快地跑进了前面的院门。

割礼仪式非常隆重。人们一早在赛里穆家的屋顶上敲起纳格拉鼓（一种击奏膜鸣乐器），吹起唢呐，像过节一样热闹。我和小李来的时候，看见好多人带着礼物前来祝贺，有谢仁阿依家的亲朋好友，也有隔壁邻居。

"好多人啊！"我不禁感叹。

"是啊，主人家是希望来的客人越多越好，这里的风俗是来的人越多，说明主人越受尊敬。"小李告诉我。

院子里支起两口特别大的锅，一锅是堆得冒尖的金灿灿的抓饭，一锅冒着热气，看样子是煮着的羊肉。三五个女人忙碌着，七八个孩子在院子的另一头，推来搡去地嬉戏着，赛里穆不在其中。房门口站着几个大人，领着来客进房间。赛里穆穿着新衣裳，佩戴红花，一看就知道今天的主角是这个男孩。

我们走上前去与他们——握手。再过四个月赛里穆就十二岁了，这在要割礼的小男孩里算是大孩子。

"赛里穆，你就要是大人了啊！"我打趣他。他偎在父亲的腿前，有点儿害羞地转着小脑袋，不说话。赛里穆的爸爸说："早就应该给他举办割礼的，本来在赛里穆九岁那年要进行的，可是那一年春天风灾，羊又被刮跑了几只，接着又下了一个月的土，地里的棉花也歉收。赛里穆的奶奶整天咳嗽，一家人都没有心情举办喜礼，割礼是要在单数年龄举办的，这一拖就到今年了嘛！"赛里穆的爸爸带着笑意说着话，好像在给我们道歉。

有人领我们去一边洗手。然后赛里穆的妈妈迎我们进入一侧的房间，房间有二十多平方米，地上铺着崭新的地毯，人们围在四周席地而坐。中间铺着餐布，上面摆满了装着巴旦木、葡萄干、无花果等吃食的漂亮玻璃碗和碟子，这里的客人大多是女客和未成年的孩子。不一会儿就端上了凉拌黄瓜、凉拌洋葱和辣椒，倒上茶水，每人一份，然后每两人被分得一大盘冒尖的手抓饭。手抓饭是新疆特色餐食，先放入羊肉和皮牙子，把羊肉炒至金黄色，再放入胡萝卜条炒软，然后放入米和葡萄干，倒入水焖到六成熟，最后再翻炒直到熟为止。米饭是一粒一粒的，拌着羊肉、葡萄干及胡萝卜条，煞是好看。

在当地，吃抓饭是不用筷子或勺子的，要用手抓着吃。我们学着村民的样子，先把手中间三指靠紧稍弯曲，将一小撮饭在盘子边缘压紧，然后拿起饭团吃。刚开始也不太习惯，吃了几口之后，感觉不错，动作也熟练起来，便开始大快朵颐。

小李碰碰我，示意给我看，抓饭比较油，在吃的时候，配着茶、水果和凉菜，这样感觉就不那么油腻了。

赛里穆的爸爸在边上不停地给我们倒茶及添加水果。小李指指我面前的盘子说："这里的食物必须吃干净，不然主人会不高兴的，认为是浪费。"

赛里穆被领到了另外一个房间，那个房间坐着一排年纪比较大的男性，据说有一个是阿訇，割礼就是由他来操刀。割礼仪式分中午和晚上两个时间，中午只有吃饭，据说晚上还要喝酒、唱歌和跳舞，这样才算仪式的完成。吃完饭，又坐了一会儿，一直没有再看见赛里穆，我们这才离开。晚上的活动，我和小李都没有去。

割礼过去好几天了，我都没有再遇见赛里穆。

等我在村子东边的果园旁边看见他在放羊的那个下午，距离割礼已经有小半个月了。赛里穆还是那个赛里穆，拿着羊鞭甩甩搭搭，摇摇晃晃地走在七八只羊后面，但看着他又好像有一点儿不一样，到底哪里不一样，我也是说不清楚的，就是很奇怪的一种感觉。他看见我，没有像过去那样很熟悉地打招呼，也没有像以前那样疯狂地跑来跑去，就是突然像个大人，是神情像个大人了，身子还是瘦瘦小小的小男孩的样子。我想起自己好像也是突然有一天就不爱说话，变得古怪，从一个懵懵懂懂的小毛孩进入青春期的。

原来，成长真是一件突然的事。

半年前，我刚来的时候，赛里穆还很淘气，整天拖拉着鼻涕，拿着一截赶羊的皮鞭，挥舞着，满院子疯跑，一会儿上到羊圈上，一会儿又下地来，赶着老母鸡"咯咯"地扑扇着翅膀乱跑，院子里尘土飞扬。我就没看见他有一刻安静的时候。

不过才半年，这次我见他，居然就消停了，也长大了一点儿，不怎么跑来跳去了。那天下午，我见他少有地安静，在葡萄架下小板凳上坐着，看着一院子母鸡在啄食。我走过去看他，而他居然在发呆。

"赛里穆，你在想什么？"

"没，没在想什么。"他说着，脸竟然有点儿红，然后就郁郁寡欢地走了。

没过几天我就发现他有心事，因为他总是心不在焉，你叫他半天，他也听不见，好一会儿才像睡醒了一样，一脸懵懂地看着你。

又过了几天，我看见他居然真的会害羞，会脸红。那天中午，我和小古丽牵着手去村委会门前的小卖部买头花，迎面遇见了赛里穆走过来。我叫他，他声音不大地答应着，却低着头，头都要勾到脖子里了。他好像在害羞，居然还脸红了。"这个赛里穆，真是的，也不知怎么古怪了起来。"小古丽看着赛里穆跑远的背影说，他是她的同班同学。

小古丽今年十一岁，是绣娘艾迪拜的女儿，她在镇上的中心小学上五年级。小女孩长得好看，头发乌黑，还有点儿卷，她的眼睛特别大，睫毛长，像个芭比娃娃。她总是很干净，说话轻声细语，唱歌的声音好听，笑起来常常吐出粉红色的小舌头尖来，可爱得让人不知怎么对她才好。

谢仁阿依给我说："赛里穆这个小屁孩整天哼哼唧唧地唱什么雄鹰在天上飞着呢，鸽子在地上跑着呢，他哪知道什么是雄鹰、鸽子的，他就是个小屁孩嘛！"我倒没有听见他唱歌，但那天我和小古丽遇见赛里穆，他确实有点儿古怪和扭捏。

我是后来留意才发现，赛里穆原本拿截木棍挥舞着，玩得好好的，一遇见小古丽走过来，他就想躲开。如果我叫住他，他就开始别扭，手脚好像都是多余的，身子也拧来拧去地轻微晃动，此刻你只要看看他，就知道他浑身不自在。如果是在路上遇见小古丽迎面走过来，还没有等到遇见时，赛里穆就会绕开，从旁边溜过去。可以看出来，他在避免和她正面相遇，但他从一旁走过去的时候，又总会不经意似的向小古丽在的那边看上几眼。

谢仁阿依总说赛里穆神神道道的，干活儿也总是一副魂不守舍的样子。这些我也发现了，但我还是给谢仁阿依说："也许是他长大了，有自己的心事，也许过一阵就好了呢，小男孩的事情不好说，随他去吧。"

后来，夏天快要结束的一天，太阳的威力不减，吃过午饭，村里的人都在睡午觉，四周静悄悄的。我在村委会办公室的葡萄架下打盹儿。赛里穆跑来挨着我坐下，他絮絮叨叨说了好些话，都是细细碎碎的小事情，有关他割礼的事情，还有在他割礼之前的事情，那是他的恐惧、担心、喜悦、害羞的源泉，当然还有关于小古丽的事情。

他像个老人一样絮絮叨叨，直到远远地听见谢仁阿依大着嗓门喊了他好几遍，让他回家吃晚饭，他才如释重负地停止了述说。他的脸上是平静和疲惫，还有一些仿佛长途跋涉了许久终于到达终点的欣慰。接着他看了看我，好像很奇怪自己怎么给我说了那么多，然后他转身往家走去，而此刻谢仁阿依已经从远处气急败坏地走过来，准备揪他的耳朵了。

至于赛里穆为什么会告诉我他的秘密，我到现在也不知道。但我知道，赛里穆在割礼之前就已经喜欢小古丽了。

是啊，如你所想，赛里穆说他确实偶尔梦见同学小古丽腼腆的微笑，梦见她用手指在桌子上划来划去，梦见她穿着艾德莱斯绸的裙子在跳舞，但是他从来不敢接近她，不敢跟她说话，甚至不敢用眼睛看她。赛里穆告诉我，在教室里，他坐在她后面，中间还隔着一排。当她伏身在笔记本上写字时，他在自己的座位上可以看到她修长脖颈的曲线，看到柔软的头发垂到她的后颈上。

　　他说，一次小古丽站在葡萄架下和一个女孩说话，他从那里经过，抚摸了她的影子。在这之后，他醒着躺了半夜，无法入睡。

　　关于赛里穆的割礼和他的心事，我只能说到这里了，其他真的不能说了，我答应过他。

阿尔祖古丽和女儿穆叶赛尔

在村子东边，阿尔祖古丽和她的女儿穆叶赛尔住在一座绿树掩映的小院里。

阿尔祖古丽是一位身材高大、脾气急躁的老人。我问她今年有多大年龄，她说她忘记了，应该刚六十吧！穆叶赛尔在一边对着我挤眼睛，悄声告诉我：六十八岁。老人的耳朵不好使，听不见穆叶赛尔的低语，但见我表情不自然，回头看向穆叶赛尔，穆叶赛尔回她一个笑脸。她旋即又转过脸来，疑惑地看着我。

她的脸上皱纹纵横，青筋暴起，皮肤令人联想到核桃外壳的褶皱。暴躁的性情使她看起来洋溢着坚定的理想和信念。她从早到晚穿着颜色鲜艳的裙子在房子周围闲逛，脚上穿着一双男士的蓝色塑料拖鞋，光着脚，没有穿袜子。穆叶赛尔说她一年四季都爱穿着这双拖鞋，冬天她会穿上连裤袜。好在南疆的冬天不是很冷。

后来穆叶赛尔趁她不在的时候告诉我，她妈妈是故意混淆或者忘记自己的年龄，就像别人把她遗忘了一样。然而，她什么都没有忘记。每一个曾经爱慕她的男子，对她献殷勤的微小细节，她都记忆犹新，并对那些男人评头论足。

阿尔祖古丽经常给女儿穆叶赛尔讲那些她年轻时在麦西来普上的往事，不外乎是她跳舞时旋转到最后，把谁比下去了，或者谁为她唱情歌唱到嗓子哑了，等等。她能记得哪场麦西来普是为什么举办的，谁穿了什么衣服，她自己穿的裙子的颜色和样式，等等。

穆叶赛尔经常感叹母亲记忆力比她好，她可以记得二十多年前的夏天夜晚发生的事情。那些细节在她一遍一遍地复述下，也存活在了穆叶赛尔的记忆里，仿佛穆叶赛尔自己也经历了那场麦西来普一样。

一天晚上，她和女儿穆叶赛尔坐在廊前的葡萄架下，她突然站起来，挥舞着手里的茶碗，对着穆叶赛尔吼道："玉克赛克为什么不喜欢我去阿克苏跳舞，他是觉得我去了大地方，见了世面，回来会瞧不上他了吧？"

女儿穆叶赛尔说："妈妈，你把茶碗放下吧，昨天你打碎了瓷盘，一会儿你再把茶水泼出来，会把我们俩都给烫伤的。"

阿尔祖古丽放下了茶碗，可她还是站着，她对穆叶赛尔说："我在和你说话呢，你听不见吗？"

女儿穆叶赛尔说："妈，你说的都是二十年前的事情了，我那时候还小，不知道爸爸是怎么想的。"

阿尔祖古丽指使女儿："那你明天去看看他们家的葡萄架搭好了没有，藤蔓是不是还像去年一样在地上倒着。"

"我不去，要去你自己去。就算没有搭好，也不需要我帮忙，他有儿子呢！"

"你是他女儿,他会和你说说话。"

"他又不是我这一个女儿,人家现在也是一大家子人了,他不会回这个家了。"

"我让你看看他家院子里的葡萄,你就知道和我顶嘴,我不要他回这个家。这不是他的家。"

穆叶赛尔转身进屋,她没有再和老太太说下去,她不想听母亲絮叨。父亲和母亲离婚好多年了,父亲又组建了家庭,还生养了孩子。穆叶赛尔有一个同父异母的弟弟,两个妹妹,他们也都在村里住着,平时并不怎么来往。穆叶赛尔知道母亲嘴里说的和心里想的完全是两回事,再说下去老太太真要恼羞成怒了,也是不好哄的。

穆叶赛尔平心静气地看了她一会儿,她看上去那么衰老,背弓着,步履蹒跚,脸上的皮肤松弛,皱纹纵横交错。穆叶赛尔在心里是同情母亲的,可是母亲眼神明亮激动,她并不要别人同情。她觉得自己是美丽的,是胜利者,是玉克赛克不懂她的好。母亲的这些心思,穆叶赛尔都知道。穆叶赛尔觉着母亲强悍地活在自己的世界里,也是一种幸福。她不想破坏母亲的好心情。

院子里的葡萄架下面放着一架板床,下面铺了一层本白的毡子,在上面铺了红色为底的印花地毯。阿尔祖古丽如果没有在院子里转来转去,就懒散地坐在上面。正午的阳光透过葡萄藤上的枝叶缝隙洒下来,照在老人身上,晒得她昏昏欲睡。等她睡醒了,她就要和穆叶赛尔说话。每次她跟穆叶赛尔说话时,穆叶赛尔总是在忙着,而她的发问总像是在挑衅。

"穆叶赛尔，你今天怎么了，老是耷拉个脸？"

"妈，我在收拾家务，我在干活儿呢！"

"你阴沉着脸，是我妨碍你出门去和男人打情骂俏了？"

女儿穆叶赛尔看了她一眼说："你知道自从离婚以后，我就对男人不感兴趣。"

"嗯，嗯，为什么对男人不感兴趣？"

"他们都是孩子，需要人伺候，而我不想伺候别人。"

"嗯，男人有时候是像个孩子，但有时候不是呢，他们就是男人。"

"我在他们家就是个免费保姆，干了那么多活儿，他还不满意。"

阿尔祖古丽并不顺着穆叶赛尔的话接下去，她说："那你拉着脸，也是不想伺候我啦？"

穆叶赛尔看着转脸又怒气冲冲的老太太，平静地说："难道不是我每天给你弄饭吃，给你洗衣服吗？"

阿尔祖古丽没有话讲了，她气咻咻地坐下，端起茶碗，故意发出呼噜呼噜的喝水声。

老人对穆叶赛尔一直有怨言："不错，是她每天照顾着吃喝，可她不尊重我。"每天上午穆叶赛尔都要把她赶到院子的葡萄架下晒太阳，穆叶赛尔说她需要晒晒太阳，去去霉味。穆叶赛尔说她身上有一种发霉了的味道，敦促她洗澡，夏天让她一天洗一次澡，而她总想偷懒图省事，两三天洗一次。阿尔祖古丽吃饭时总要掉下饭粒或是衣服被溅出的汤汁弄脏。穆叶赛尔把一件旧衣服的前襟剪成长方形，在一侧的两头缝上带子，吃饭时穆叶赛尔就把那块布系在她的前胸。这让她很恼火，可是她拗不过穆叶赛尔。穆叶赛尔干起活来一丝不苟，动作敏捷。穆叶赛尔是她的女儿，可她有时候害怕穆叶赛尔。

"穆叶赛尔，你把我那件绿色的裙子找出来，明天参加帕丽达孙子的割礼麦西来普我就穿这件。"

"你有好几条绿色的裙子，你要找的是哪一条啊？"

"我最喜欢的那件，就是前几天在巴扎（意为'集市'）上买的前襟上绣有花的那件，你知道的。"

"我知道，我当然知道你喜欢新的、漂亮的。不爱洗澡，穿得再好看也有味……"穆叶赛尔低声嘀咕着，白了母亲一眼。她觉着母亲听不见她的抱怨。

"穆叶赛尔，你在嘀嘀咕咕什么呢，你这个不孝顺的丫头！"阿尔祖古丽一个箭步跨到穆叶赛尔的面前，她的嗓音像是炸雷在穆叶赛尔的耳边响起来。

"我……我说你还是穿绿色的衣服好看，显得你的皮肤白！"

"嗯，我十六岁的时候就知道这个，我比乔丽潘汗和热姿叶都好看！明天她俩肯定也去，我要穿着新的绿裙子和她俩比一比，看究竟谁能旋转到最后！"

乔丽潘汗七十七岁，热姿叶六十一岁，麦西来普上她俩是固定的舞伴，跳刀郎舞的时候，她们一般可以坚持旋转到最后。阿尔祖古丽年轻的时候就旋转不过她俩，穆叶赛尔知道，骄傲的母亲不过是在她面前说个大话。

阿尔祖古丽的衣服比女儿穆叶赛尔的多，两个大衣柜都是阿尔祖古丽的衣服，她还是觉得自己没有衣服穿。过不了几天，她就催着穆叶赛尔带她去逛巴扎，穆叶赛尔知道她又想要买衣服了。穆叶赛尔气恼她，光想着穿好看的衣服，戴金子饰品，恨不得十个手指头都戴上金戒指。母亲最高兴的事情就是参加麦西来普，唱歌跳舞，家里的什么事情都不操心。

穆叶赛尔不知道，她的母亲阿尔祖古丽也存钱，那是她平时的一点儿零用钱，舍不得花，攒着去做新衣服。在村里，阿尔祖古丽最喜欢去的就是茹鲜古丽的裁缝铺。

这是村里唯一的一家裁缝铺，村子西边也有艾迪拜的刺绣铺，可是艾迪拜不怎么会做衣服，她只是绣工好，接些刺绣的活儿，如果要缝制衣物，人们还是喜欢来茹鲜古丽的裁缝铺。茹鲜古丽给乡亲们做衣服，也做窗帘、床单、被套什么的，她要价不高，手艺还不错，村里人要缝制个什么都来她这里。

那天阿尔祖古丽来的时候，我拿着前天在巴扎上扯的一块花棉布，也在茹鲜古丽的裁缝铺，想让她给我做个床单。此刻茹鲜古丽正在缝纫机上忙着，她在用一块绿色和白色相间的小方格布料，缝制一件长袖衬衫。

"茹鲜古丽，你这个衬衫是给谁做的，看着还怪好看的。"阿尔祖古丽说着话，揉搓着衬衫的袖子。

"给我家结对亲戚王红，她过几天要来看我们了。"茹鲜古丽脚下踩着缝纫机，眼睛看着面前的布料，手里的活儿也没有停。

"哦呦，你对亲戚可真好！"

"人家对我好，我也要对人家好。"

"我对你不好吗？我总是照顾你的生意，我都不去艾迪拜那里做裙子，都是拿到你这里来。"

"你对我好啊，阿尔祖古丽奶奶，你最好啦，我一会儿就给你裁。你先看看，相中哪块布料了。"

"我又不老，比你奶奶还要小三岁呢！"

"嗯，我奶奶可没有你利索，她整天在家里帮我带孩子，没有精力去麦西来普上跳舞。"

"啊哈！以前她就不如我，她胖，转上五六圈她就晕了，哈哈……"

村里的人家都有结对亲戚，那些结对亲戚大部分都在乌鲁木齐，两个月来一次村里。茹鲜古丽觉得结对亲戚虽然没有血缘关系，可是走着走着，就真亲了起来。

结对亲戚每次来都给他们家带礼物，清油、面粉、冰糖、砖茶或是小巴郎的玩具。上次王红带来一盒积木，她给茹鲜古丽家的小巴郎教怎么用积木搭出楼房、飞机、轮船，小巴郎可高兴了。晚上吃过饭，王红帮着检查小巴郎的作业，教他做数学题，还和他用英语对话，帮他复习英语口语。王红和小巴郎说话都是用国家通用语言，有些茹鲜古丽可以听懂，有些一知半解的，听不懂，但她看着小巴郎欢喜的小脸，心里也是高兴的。

最难得的是，王红每次来，从不把自己当外人，地里有活她就去帮着干。去年秋天地里的二十一亩棉花和三亩玉米，都是工作队和王红帮着收回来的。院子里收回来的一院子玉米，看着都愁人，哪天变天下雨，可就都泡坏了！最后也是王红带着工作队的同志来给掰完的，装了满满十个大麻袋，还帮着给抬进了储藏室。

让茹鲜古丽过意不去的是，工作队的人来干活，却不在她家吃饭，他们回工作队的食堂去就餐。王红在茹鲜古丽家吃饭，每次都给钱，茹鲜古丽不要，她说亲戚来了吃顿饭还要付钱，那就不是亲戚了，可是王红说："你还要养孩子和老人，我有工作有收入，父母也都有退休金，情况比你好一些。你就不要介意了，拿着吧，谁叫我们是亲戚呢。"

茹鲜古丽说："家里穷，没有其他的东西能给王红的，可是我想我会做衣服啊，我用布料给她亲手做一件衣服，也是我的一片心意，你说是不是？"

阿尔祖古丽心思完全不在茹鲜古丽的絮絮叨叨上，她等得不耐烦了，冲着茹鲜古丽嚷嚷："你的亲戚过几天才来，先给我做，我等着穿呢！"

"咦？上次才给你做的那条玫红色的裙子，好像也没过多久呀。你有好多新衣服，光是今年夏天我就给你做了三条裙子，还有春天做的那些衣服。"

"帕丽达孙子的割礼，那个乔丽潘汗家孩子的命名礼，还有邻居如斯兰家的结婚麦西来普都要穿新衣服呢。过些天秋收完就到冬天了，人闲下来，结婚、办割礼的麦西来普会更多。去参加喜宴，不穿新衣服多难受啊！你说呢，小茹鲜古丽？"阿尔祖古丽咂咂嘴，说话的同时，翻捡着墙上挂着的布料。

"阿尔祖古丽奶奶，现在还是夏天呢，冬天的第一场雪还早着呢，我做活儿可快了，耽误不了你参加麦西来普。这个衬衫内里，包个边就好了，很快的，马上就做你的，你先挑布料吧！我的亲戚后天来了，就可以穿上新衬衫，也是给她一个惊喜。"

阿尔祖古丽不再言语，仔仔细细地挑布料。等她选好布料，不用量尺寸，心满意足地离开时，太阳已经落山，村里早已炊烟袅袅。

茹鲜古丽看着她走远了，对着我摇摇头，她说："这个老太太越老越糊涂了，可是精力真旺盛，整天想的都是跳舞、唱歌的事情，也不管女儿穆叶赛尔将来怎么过。"

"穆叶赛尔是老太太的独女，她和前夫没有孩子，离婚后回到娘家，照顾母亲。家里的收入就是口粮地租给人家的一点儿租金。穆叶赛尔养了一些小鸡，养半年长大了，赶巴扎的时候去卖掉，换些零花钱。穆叶赛尔还跟着艾迪拜学绣花，接一点儿零散的针线活回家做，也能挣些钱。家里的缝补洗涮、吃喝拉撒都是穆叶赛尔一手操持的。老太太整天就想着玩，听说年轻的时候就是因为不会过日子，穆叶赛尔的爸爸才不要她的。如今可苦了穆叶赛尔了，整天就是围着家里转，不能出门半步。拖着这么个母亲，她是不可能再嫁人了，穆叶赛尔一辈子就这样了吧。老太太她这一辈子都活在麦西来普里，她这是活得好呢还是不好，你是文化人，你说说？"

面对茹鲜古丽的追问，我觉得我给她说不清楚一个人要怎么活着才是好，再说好与不好，那都是别人的判定。其实穆叶赛尔也给我说过很多和母亲阿尔祖古丽的生活细节，比茹鲜古丽给我说的这些还详细。但穆叶赛尔没有抱怨，她接受了自己的母亲，也接受了自己的命运，她觉得不结婚也很好，不觉得自己在受苦。她抱怨的只是母亲不爱干净和自以为是的唠叨。

人活着为什么要管别人怎么看呢？因为心里这些复杂的情

绪，我一时语塞，不知道说什么好。好在茹鲜古丽也并没有真要我说的意思，而是用力把刚才阿尔祖古丽挑选好的一块艳丽的橘黄色布料抖开，展开在工作台上，胸有成竹地拿着大剪刀比画着。

我想，在她的心里其实早就有了自己的评判标准，她不过是劳作之余，感叹一下别人的生活。她知道，别人有别人的活法，最要紧的是怎么过好自己的日子。

那个人是我吗

我星期一在巴扎上看见巴哈尔古丽的时候，她正在路边卖酸奶。

一张方形的小饭桌上，摆放着盛着酸奶的碗，碗上压着玻璃，玻璃上面再放上盛了酸奶的碗，碗上又压着玻璃……最下面一层是五个碗，第二层是四个碗，就这样依次递减，一共摆放了四层。

小小年纪的她，脸上有一种镇定和安静。她坐在桌边的长条凳上，用手赶着闻到甜味飞来的苍蝇。

巴哈尔古丽有着牛奶一般的白皮肤和焦炭一样的黑头发，鼻子秀挺，眼窝深陷，眼睛大，款款的双眼皮，睫毛浓密，长得像个洋娃娃。她是谢仁阿依的好朋友，我上个星期刚在谢仁阿依弟弟割礼的宴会上见过她，印象深刻。

巴哈尔古丽不像胡杨村的人，她像哪里人呢？我也说不好。她过早地成熟了，敏感，害羞，使她和村里别的女孩子不太一样。

"你来撒（'撒'在此处为语气词），喝一碗，你来。"巴哈尔古丽远远看见我，就招呼我过来。我刚坐下来，她端起最上面的一碗酸奶，拿掉盖在上面的玻璃，招呼我吃。我推说在巴扎那头刚吃了一碗，现在不吃了。她执意要我尝尝她做的，她说："喝一碗你就知道，自己做的，会拔丝，好喝得很。"

见我脸上有信了的表情，她这才笑起来说："酸奶嘛，你肯定喝过很多，可是拔丝的酸奶，只有我会做。你在我这里才能喝到。"

我不解，酸奶怎么会拔丝。

见我惊讶，她就演示给我看，木勺舀起酸奶离开碗边，木勺底部沾着的酸奶并没有掉下来，而是和碗里的酸奶连成了一条细线，居然像是饭馆里的拔丝红薯那样，只是酸奶形成的线颤颤巍巍，马上就要断了的样子。

"为什么酸奶会拔丝呢？"

见我好奇又惊讶，巴哈尔古丽很得意。"你教我国通语嘛，酸奶的秘密我讲给你。"她说。

"你的国通语这不挺好的吗？"

她羞涩地笑了笑，吞吞吐吐地说："只会说一些简单的日常用语，我，我吗，想多学一点儿，想学会认字，会写会念，才是真的会。"

"学会国通语要干吗呢，想找个汉族男朋友吗？"我打趣她。

"挣钱，多，我，离开，早点成家。"她几乎是一个字一个字蹦出来地说。

"大姑娘思春了，还想着多挣点嫁妆钱啊，多懂事的姑娘！"

巴哈尔古丽不明白"思春""嫁妆"是什么意思，但她从我说话的表情上看出了异样，感觉是在打趣她，她有点儿脸红。

她给我说，前面跟着上学的小孩子，从"盘子""炉子""碗""吃饭"，一个词一个词开始学。巴哈尔古丽手里拿着一小块白色的抹布，在面前的小方桌上抹来抹去，有点儿不好意思地笑了笑，接着说："没学好，只会说，不会写，也不会认。你教我吧，学国通语我。"她渴望地看着我。我问她："为什么你说的国通语是倒装句？"她不明白，瞪着大眼睛看着我。

我说："比如刚才那句，'你教我吧，我学国通语'，你为什么就说成了'学国通语我'？"

她不好意思地笑着说："不知道，我。"

"是'我不知道'，不是'不知道，我'。"我刚说完，我俩都笑了。

我发现不止巴哈尔古丽说的国通语爱用倒装句，村里很多人说起国通语都是这样的。比如，我下午在村里散步，遇见谢仁阿依，她会说："来玩我家，来，你。"下午有人邀请我去他家吃饭，他会对我说："我家里吃饭，你来。"我刚来的时候不习惯，听得不是很明白，现在已经习惯他们这样讲话。偶尔会打趣一下，会学他们讲话，他们就朝我笑，我也笑，大家就都不介意了，反正彼此的意思都懂。

巴扎上人来人往的，我们就坐在小桌前，有一搭没一搭地说着话。巴哈尔古丽用她不利索的国通语告诉我，她不想再在这个家里待下去了。

我问她为什么，她沉默了好一会儿，才又开始说话，却是问我是不是在这个世界上，还有一个地方生活着另一个她，过着和她完全不一样的生活。

她是在说平行世界吗？我想了想，看着她说："我也很好奇有没有另外一个空间，但其实我不知道。"

巴哈尔古丽只比谢仁阿依大一岁，但她脸上没有谢仁阿依那样的无忧无虑，洋娃娃一样的脸庞上总有一层淡淡的忧郁。这和她的年龄不符，好像她过早地衰老，在花一样的年龄，就衰老了。

我是后来才知道，巴哈尔古丽的父亲经常喝醉酒，回家就会耍酒疯，骂人，不是打她就是打她母亲，家里总是鸡飞狗跳的。巴哈尔古丽在村里上完小学，又在县里念完初中，就没有再念书了。父亲说女孩子又干不成什么大事，将来出嫁就成了人家的人，不如在家里帮些忙实惠，早点儿学会打馕、做拉条子多好。

人家的父母都想着种棉花、放羊，把家里的日子过好一点儿，可是她的父亲根本不管家里的情况。房子还是那年政府给盖的抗震安居房，因为他把盖房子的补助款大多拿去喝酒，所以房子盖得很潦草，下雨天就会漏雨。虽然阿瓦提雨水少，可是一年也总有那么几次下雨的天吧，那几天就是屋外下大雨，屋里下小雨。

巴哈尔古丽也不喜欢母亲，她说她根本就不像个母亲。母亲年轻的时候在县里的歌舞团跳舞，父亲也在歌舞团里干杂活，后来不知道什么原因，两人都回家当了农民。母亲现在四十多岁了，整天还化着浓妆。一件很普通的衣服，哪怕是土得掉渣的样式，都可以被她弄出花里胡哨的颜色，穿在身上，身姿婀娜。

这些也就罢了，最要命的是，每次父亲在家里发酒疯打人，母亲都会发出凄厉的尖叫声。这叫声从小就跟随着巴哈尔古丽，让她小小的心揪了起来，也让她感觉耻辱和自卑。她害怕同伴们嘲笑的眼神和邻居同情的目光。从上小学起，她一放学就回家，也几乎没有什么朋友。

阳光强烈，晒得人昏昏欲睡，我努力打起精神想着怎么教巴哈尔古丽国通语。婴儿的哭叫声吓醒了我，原来方桌一侧放着一个摇篮，里面有个小孩在酣睡。这会儿不知怎么了，孩子哭了起来，声嘶力竭的那种。这时，正在说话的巴哈尔古丽僵住了，她侧过头，听了一小会儿孩子的哭声，转过身走到摇篮边，揭开毯子，从小孩子头边取出了一个燃着的烟头。

有人从路边经过，扔下这根烟头，她和我说着话，夸张地给我展示那个烟头，然后像踩死一个蟑螂一样踩灭了它。她的敏锐和果断都让我另眼相看。她见我看着她，说小婴孩是隔壁邻居家阿姨的，她们去逛巴扎，把孩子寄放在这里，让她帮着照看一下。巴哈尔古丽有种和她年龄不相称的成熟，显然生活拿走了一些令她舒适安逸的东西，给她磨难，却也给了她应对的办法。

巴哈尔古丽说起小的时候，母亲牵着她去隔壁邻居家参加麦西来普，还没有走过两栋房子，她就感觉自己成了全世界的笑柄，就连墙上粉笔写的粗话，她都觉得那是嘲笑她们的话。巴哈尔古丽说妈妈似乎没有注意，她走路的姿势像正在逛商店的年轻女人，一步一扭。她不知道，巴哈尔古丽最恨她走起路来一步一扭，这个场景曾经让巴哈尔古丽在小伙伴面前第一次知道害羞和耻辱。她不再让母亲牵着她去这里那里，她躲在家里，不愿意出门。

巴哈尔古丽最害怕母亲当众叫她，那时候巴哈尔古丽甚至会痛恨自己的名字。母亲的声音那么响亮，清脆，骄傲，她故意装出和街上的其他妈妈都不一样的腔调。

但其实，巴哈尔古丽觉得母亲实在是没有什么可以骄傲的，彼时父亲又喝多了，在家里发酒疯。可是母亲完全无所顾忌，她喊巴哈尔古丽的名字就好像在喊一个珍宝，就好像她心满意足地刚吃了一顿清炖羊肉，但你还是可以听出来那么大的声音里有种想要证明什么，又要掩饰什么的虚张声势。巴哈尔古丽有时候会想，妈妈知道别人都在背后议论她和她们家里的事吗？

母亲好像永远是少女，永远长不大。前一阵她过生日之前，出于爱美之心，决定将浓黑的头发染成浅金黄色。没有钱去县里的理发店染，于是她去邻居家拔些海娜花，煮了水，自己在家里染。那天下午，她把厨房弄得乱七八糟，锅里和盆子里是煮过的海娜花的叶子和枝条，地上淌着水。这些她都不在意，她只关心她的头发上色是不是均匀。也许是海娜花放少了，染出的效果不是很理想，黑发没有完全被遮盖住。第二天她又染了一次，这次她用了更多的海娜花，煮了更多的水，头发还是没有变成浅金黄色，但也不是原来的黑色，而是介于黑色和棕色之间的颜色，这也让她高兴了好几天。

但是不到一个月，她又厌倦了这种颜色，想把头发染回黑色，却找不到一种染料能染回之前的黑色。好几个月过去，她的头发才回到起初的乌黑，然而几乎是同时，令人感到讽刺的是，她的头顶开始冒出几缕初生的白发，自此以后，她的白发越来越多。她不可避免地老了。

巴哈尔古丽常常看着母亲坐在镜子前的小板凳上，出神地看着镜子里头发花白的自己，沮丧地咬着嘴唇，眼泪几乎就要掉下来。巴哈尔古丽觉得母亲像个没有长大的孩子，或者更确切地说应该是她不愿意长大，拒绝变老。

我去过巴哈尔古丽的家。怎么形容呢，院子里也有葡萄架，架上也有葡萄藤，但能看出疏于打理。葡萄架是歪歪斜斜的，眼看着就要倒了。葡萄藤在地上根部的位置，发出好多藤蔓，都不是很长，是大大的一丛，就连我这个外行也能看出是没有修剪好的后果。院子里的鸡不怎么怕人，就在你面前走过去，身后扬起细小的灰尘。木栅栏的院门到房屋不过五六米的距离，要小心翼翼地走，不然就会踩上新鲜的鸡粪。

终于进到屋里，眼前的景象却不好形容，是破败和富丽堂皇这样相反的情景奇幻交织在一起的样子。富丽堂皇的是雕花，墙上是石膏雕花装饰，家具上是木头的繁复雕花，头顶上是仿银的枝形吊灯，粉红色的金丝绒窗帘，还有无处不在的香水味；破败是板床上的地毯，已经很稀薄，看不出原来的颜色，喝水的茶碗豁了口子，地上散乱着小凳子、洗手壶，还有几个南瓜和土豆。

我的脑袋被浓郁的香味熏得晕晕乎乎，说不清楚是香水味还是香料，总之是一种浓郁的香味。巴哈尔古丽的妈妈身着艳丽晃眼的明黄色长裙，她抚膝而坐，周围的环境和她奇妙地组合在一起，丝毫也没有影响她的好心情，就见她微笑着看向我。

她喊巴哈尔古丽给我倒茶，她的嗓音倒不像巴哈尔古丽给我描述得那样响亮，可能是在自己家里，不需要那么大的嗓门。巴哈尔古丽从旁边的屋子应声出来，看见是我，有点儿害羞，站在她妈妈旁边，两只手垂着，有点儿不知所措。而我似乎被这个房间强大的气场和气味震慑住了，思维停滞，无法开口询问任何事情。我们就这样坐着喝了半杯茶，然后我就匆匆告辞了。对香水气味过敏的我，再坐下去，估计会晕倒在她家的板床上。

最近很少在村里遇见巴哈尔古丽的母亲，就是巴哈尔古丽本人也很少出门。我想巴哈尔古丽可能知道，在这里她的一生都要被人议论。早在她母亲刚从文工团回到家里时，她和母亲走在路上，大家都肆无忌惮地看她，又或者干脆对她视而不见。

她知道村里每个看到她的人都在可怜她，有时候还避着她，以免再同情她一次。

据村里的老人说，巴哈尔古丽的父亲早年是不怎么喝酒的，也是个爱说爱笑的人。后来不知道为什么，渐渐喜欢上了喝酒，喝了酒就要吵架、闹事。

巴哈尔古丽不想像父母那样一辈子生活在这里，可是她能干什么呢？

巴哈尔古丽想学一门手艺，或者出门去打工，她文化水平不高，国通语又不好，也不知道能干点儿什么。她去过最远的地方就是乌鲁木齐市，那还是初中一年级的时候，学校组织了参观博物馆的活动。巴哈尔古丽说自己想出门去看看外面的世界，可是心里又害怕出门。

她偷偷存着钱，每次赶巴扎回来，她都能存下个二三十块钱，她要给她的计划存路费。

她梦想着离开胡杨村，离开阿瓦提，住到城市里。道路两旁种植着树木，一栋栋房屋隐约其间。没有人走出家门时会用熟悉和好奇参半的方式与她打招呼，没有人知道她的一切，没有人会随意地在半路上拦下她聊天，她只是住在房子里的普通人。这才是她想要的，这才是她现在努力工作挣钱的原因。她梦想着未来的生活是没有人站在她背后对她指指点点，也没有人手里攥着钱要她递过去一碗一碗的酸奶。

她想，她会有个属于自己的小房子。她现在要做的就是攒钱，并把钱都存进银行，这会让她维持一天甚至更多天的生活，直到她找到工作。

她在手机里经常看见同学的朋友圈里发着去外地打工和生活的场景，这些都让她向往外面那个更大的世界。

巴哈尔古丽眼神迷茫地看着对面的摊铺发呆，好半天才说自己经常感觉到，还有一个自己，生活在另外一个地方，过着完全不一样的生活。那个人是我吗？她问我，那个人是我吗？

其实，巴哈尔古丽不知道，坐在酸奶摊位边小凳子上和她聊天的我，也常常有和她一样的疑惑，在另外一个空间和时间里，有没有一个人——过着我想要的生活。

那个人是我吗？

骄傲的图尔逊汗

　　那天在村委会办公室，图尔逊汗穿着一件深颜色的大褂，咖啡色的头巾包着头发，脸上布满了皱纹和沧桑的痕迹，眼睛却是亮亮的。别人说她是鼓手，有故事。第一眼看见她，我觉得她和村里其他人也没有什么区别，不过是有几分能干，能把一大家子人的生活照顾得很好，是那种村里常见的维吾尔族老妇人。

　　下意识间，我举起相机，想给她拍照。不料，她摆了摆手，示意我不要拍。她是我在村里遇见的第一个拒绝拍照的人。大多数村民都很喜欢拍照，一看见相机对着自己，他们都会无拘无束地笑，表情放松，哪怕是刚从农田里劳作回来的农民，面对镜头也有自信和畅快的神情。图尔逊汗的拒绝，让我有点儿意外和尴尬。我只好收起相机，一时也没有找到什么话说，就那么无聊地坐着，看着眼前这个普通的老妇人。

　　她除了眼睛清亮，实在是和村里的老年妇人没有太大区别，皮肤黝黑，满脸皱纹。就在我想着要说点什么的时候，她招手示意我跟着她走。她要带我去哪里呢？出了门，她走得很快，我几乎一路小跑才能跟上她。走过村委会东边的一条巷子，向右一拐，我跟着她进了一个大门。

那是个收拾得很干净的院落，像这里的很多人家一样，尽管他们生活在沙漠边缘尘土飞扬的乡村，可他们都会把自己的庭院收拾利索干净。他们会在院子里洒上水，压住浮土，在庭院住房通道两侧种上葡萄树、苹果树、太阳花等果木花卉。

图尔逊汗家的庭院和大多人家一样也是绿树成荫，苹果挂满了枝头。还没有长大的苹果青色皮面上有一层像霜一样的物质。葡萄架下，一串串绿色的葡萄密密匝匝，呈一个倒的塔形从藤蔓间垂下来。

图尔逊汗对我说："葡萄嘛，熟了！想吃哪一串就摘哪一串。"说着话，她把我让进门，让丈夫艾里肯江招呼我。在我犹疑之间，她自己却进了另一个房间。这是一间正房，一个硕大的大板床占了三分之一的地方，一进门正对面的墙上挂着漂亮的手工挂毯，上面的巴旦木花纹用色鲜艳，构图大气。

艾里肯江看着比她年龄大一些，是个瘦高的老头，留着山羊胡子，一看就是那种不善言谈的人。他招呼我上大板床去坐，随后就搓着手，不知道要再说什么了。我脱了鞋子上到板床上坐下，想拿出相机拍几张，可又害怕像刚才一样遭到拒绝。正在犹豫之间，图尔逊汗从另一个房间出来了，却是让人眼前一亮，居然变了个模样。

此刻，她穿着一件崭新的蓝白绿相间的艾德莱斯绸的民族服饰，笑着注视着我。原来刚才她是去隔壁房间换衣服了。显然她在欣赏和享受着我有点儿惊讶惊喜的表情。丝绸的雍容华贵和宝蓝色的清新可人这两种迥异的风格，在这个老年妇人身上神奇地统一在了一起。新衣服穿在她身上很得体，原来那个平凡的老妇人变成了一个雍容华贵的长者。纯白的纱巾包住头发，白色的纱巾边上有繁复的蕾丝花边，纱巾从耳朵两侧长长地垂下来，一直到腰的位置。穿上维吾尔族华美服饰的她，除了增添雍容华贵，还生出妩媚和美丽来，而这些美丽，她自己是知道的，此刻她自信地笑着。

她说着国通语，语速有点儿慢。房间里没有窗户，光线有点儿暗。她拉着我的手，把我引到屋外，走到院子里。这次她拿起挂在墙上的手鼓敲起来，并用手指示意——我可以拍照了。

她敲鼓时很专注，不怎么看镜头，头昂得高高的。敲了几下，她便旁若无人地唱了起来：

> 我买了好马又买马鞍
>
> 缰绳在手把路赶
>
> 别看我长得很潇洒
>
> 其实灵魂正受难
>
> 我被情火烧死也无妨
>
> 和你见面是一生的心愿
>
> 不见你是我永世的遗憾
>
> 愿望破灭，心儿受伤
>
> …………

艾里肯江在一边坐着，眼睛定定地看着她，脸上是欣赏和喜欢的神情。鼓声和歌声引来一些三四岁的孩子，眼睛很大，睫毛一律都是长长的。我不停转换角度地拍摄图尔逊汗，孩子们嬉闹着，在院子里跑来跑去，荡起一些尘土，这些都没有影响图尔逊汗沉醉似的歌唱。

这个年龄的她唱起那些情歌还是那么动情，像是换了一个人，眼神之间依稀可以看见娇羞，仿佛她还是那个等待情人的少女。这可能就是刀郎歌舞的魅力吧！可以让人沉醉，无论岁月在你脸上刻下了多少痕迹。

她唱累了，我们就坐在廊前的板床上聊天。不用我怎么问，她很擅长讲述。她说自己从十二岁开始跟着叔叔学打手鼓、唱刀郎木卡姆。叔叔是刀郎老艺人，手鼓打得非常棒，她很崇拜叔叔。等她可以独自担当鼓手演奏时，她已经十七岁了。村里的婚礼、割礼等喜礼，都叫她去打鼓、唱歌。

艾里肯江当年喜欢她，就是因为她会唱歌。"他在麦西来普上盯着我看，跳舞时，他老是跳到我面前。我知道他想让我注意他，后来我们就熟悉了。再后来，我们就相约着去参加麦西来普，再后来，他离不开我了，再后来我们就结婚了。"说到这里，图尔逊汗笑得灿烂，可以看见一脸的骄傲。

她个子高，皮肤有点儿黑，总让人觉得她充沛的精力里满满的都是力量。艾里肯江说："我这个老婆啊，了不得。"图尔逊汗打点家务，就像敬业的士兵对待爱枪，每一样东西都擦得一尘不染，摆放得井井有条。家里七个人，老的老，小的小。以前食物匮乏时，她也能让每个人都吃饱穿暖，食物都是她准备的，甚至衣服，大多也是她自己做的。院子里葡萄架上绿茵茵的，地上花开得绚烂，她养的母鸡也是一窝窝地茁壮成长。她可以走几公里地就为了给家里的孩子买块花布做衣服。而秋天农忙时，她还会去放羊。

二十一岁嫁人时，她比艾里肯江小九岁。她一直是村里有名的美人。

图尔逊汗的两个女儿长得也都很美，她们都像年轻时候的图尔逊汗，身材高挑纤细，眼睛大，睫毛很长，鼻梁秀挺，再加上浓密的黑色长发，更显得面容姣好。图尔逊汗的头发天生就有点儿发黄，据说女儿们的黑头发是继承了艾里肯江的头发颜色，当然他现在已经是满头白发了。

拜克来江是他俩最小的孩子，他比最小的姐姐还要小八岁。

女儿们还是小孩子的时候，读书成绩好，她们像母亲图尔逊汗一样喜欢唱歌，回家还常帮母亲分担很多家务。姐妹俩对拜克来江很好，因为拜克来江岁数最小，还是家里唯一的男孩。

现在女儿们都已出嫁，她们也有了孩子，图尔逊汗当姥姥都已经七八年了。

图尔逊汗今年六十七岁，去过最远的地方是乌鲁木齐市，那还是十一年前的事情。那年县里受到邀请，组织刀郎老艺人去乌鲁木齐表演刀郎木卡姆，县里的干部在各个村找会演奏木卡姆的艺人。那时也是夏天，县里来了四个干部，在村里走访，有人推荐了图尔逊汗。他们一群人来到图尔逊汗家，当时图尔逊汗正在洗衣服，院子里摆放着卡盆和洗了一半的衣服。她弄明白了他们的意图，就利索地收拾好地上的洗衣盆，擦干手，拿下手鼓，跪坐在这个板床上，自己打手鼓，唱了一段刀郎木卡姆婚礼上的曲子《朱拉》。图尔逊汗唱的时候，村里听见声音来的人，纷纷在图尔逊汗家的院子里跳起舞来，有两个县里来的干部也一同跳了起来。有人从家里拿来甜瓜，有人端出了馕子，一场小型的麦西来普就这样开始了。

后来他们当场拍板。图尔逊汗是作为鼓手和歌者被挑中的，一同去的还有两个舞王，还有跳舞的热姿叶和乔丽潘汗，弹热瓦普和艾捷克的男人图尔逊汗不熟悉，一共十一个人组成了临时团队。他们一起在县里的文工团练功厅里排练了三天，就坐着飞机到了乌鲁木齐。那是图尔逊汗第一次坐飞机，看什么都好奇，坐上去不一会儿脑袋就晕晕乎乎的，像是做梦。一个多小时的飞行，她觉得像一辈子那么漫长。飞机降落在乌鲁木齐地窝堡机场时，她头晕、恶心、想吐，感觉五脏六腑都在撕扯着，挤压着，无比难受。

她不喜欢乌鲁木齐街上车来车往的拥挤和喧闹，也不喜欢那些高楼大厦，墙面上的玻璃幕墙反射太阳的光让她睁不开眼睛。在乌鲁木齐她不知道太阳从哪个方向升起来，又从哪里落下去，天好像是一下子黑起来的。虽然住在高级房子里，床单都是雪白雪白的，可她就是睡不着觉。她还是喜欢家里的大板床，喜欢家里的羊肉和土豆。不过，她说城里也有她喜欢的——那个话筒，可以把她的声音传得很远。有个黑匣子，还可以把她的声音保留下来，等她不唱了，还可以听见自己的声音，这让她好奇又惊喜。

那些人还给她拍了好多照片，她唱歌的、跳舞的，甚至出神的样子。他们告诉她，那是艺术！她不知道什么是艺术，她也不知道他们为什么那么喜欢给她拍照片，看见自己在屏幕里的影像，开始她有点儿不好意思，但没有多久她就适应了。她喜欢看见自己的样子。她说那时候她的国通语还不好，但她唱歌的时候，那些人的表情很专注，她知道那代表了一种认可、敬重、欣赏。持久、响亮的掌声鼓励了她，让她站在舞台上不慌张，让她可以像在自己的院子里一样放声歌唱。

她回来的时候，家里聚满了人。村里的女人、孩子围着她，问东问西，她像明星一样被大家簇拥着。家里热闹了好几天，大大小小的麦西来普办了七八场，生活才恢复平静。

图尔逊汗当了十六年村妇女主任，很有领导才能。在家里，大事小事也都是她说了算。艾里肯江脾气好，什么事情也都随她拿主意。村里像他们这样的家庭，不多。农村像他们这样年龄的家庭，大多还是男人当家做主。

图尔逊汗家里有四十八亩地，主要种麦子。后来看人家种棉花收入高，他们也全部种了棉花。家里还有十只羊、一匹马，都是艾里肯江在放。羊繁殖得很快，这十只羊就是前年买的两只母羊下的羊羔，一胎两个小羊羔，羊羔再下羊羔，如今不到四年就有十只了。马是公马，也是十一二年的老马了。艾里肯江早年喜欢打猎，现在年龄大了，马却养出感情，放羊的时候，顺便就把马放了，也不费事。

有时候家里忙时，邻村有人结婚，要举行麦西来普，人家来请图尔逊汗去打手鼓。她想去，可是又觉得地里、家里一堆事，于是看看老公，艾里肯江通常都会通情达理地说："去吧，家里有我呢。"

她的国通语很好，日常交流不成问题，村里组织村民学习国通语，她是可以给老师当助教的那一类。艾里肯江的国通语都是她教的，有时在家里她也用国通语和他说话，这样天天说，他的国通语比其他村民说得都好。

村里的麦西来普请图尔逊汗去打手鼓唱木卡姆，一般都是没有报酬的，会招待一顿饭食，走的时候会包上一两个馕，算是感谢。偶尔有人家也有一点儿赏钱，但不多。图尔逊汗不计较这些，她说自己喜欢嘛，干吗还计较钱呢？

家里有两个手鼓，一个艾捷克。其中一个手鼓是叔叔留下的，有些年头了。叔叔前年因为肝病去世了，这个手鼓也就挂在墙上留作纪念。另一个是邻村人给做的，花了三百块钱，敲起来声音响亮清脆。艾捷克是村里的艾孜来江做的，付钱时艾孜来江只要了九百块钱，要是别人要付一千多了，艾孜来江的老婆和图尔逊汗是亲戚。

图尔逊汗艾捷克也弹得很好。她得意地告诉我，还收了两个男徒弟呢！一个是住在村东边的马穆提，一个是住在隔壁的邻居如斯兰。主要教他们演奏艾捷克，也兼教唱木卡姆。别看马穆提已经六十岁了，他比如斯兰学得快，不过是小半年的工夫，马穆提已经可以独立演奏艾捷克了。如斯兰和他一起学的，比他还小十几岁，但是弹得不如马穆提。她自己的女儿帕提古丽，今年已经二十七岁了，也在跟她学艾捷克。说到这些时，她还是那种骄傲的神情。

最让她想不通的是，儿子拜克来江不喜欢木卡姆，也不喜欢乐器，不跟她学，还说更喜欢做个铁匠，这让她很生气。现在什么都有卖的，村里需要铁匠的地方越来越少，做个铁匠能有什么出息呢，连自己都养不活。但拜克来江不知中了什么邪，他就是觉得铁匠有意思，整天敲敲打打，一块铁可以打成马掌，也可以打成铲子。图尔逊汗说拜克来江从小就不爱说话，整天闷声不响的，不知道在想些什么。

艾里肯江有些耳背，他们便基本使用维吾尔语交流，尤其是他们俩独处的时候。艾里肯江说话的声音有点儿大，耳朵不好的人都这样，他们听不见自己的声音。

她经常这样形容艾里肯江："他是我在这个世界上能找到的最好的人。我当然知道他的好，因为我和他在一起三十二年了。"然后她又认真地补充说："有些人啊，在人前开朗热情亲切可爱，回到自己家里，却对一起生活的人吝啬刻薄。除了那些不得不与他共处一室的人，没有人知道他们的真面目。但是艾里肯江从来不会这样。"说到这里，她脸上开始容光焕发："他总是很开心，很快乐，他比你看到的更有意思。"

艾里肯江以前不赌钱，现在年龄大了，有时候会和村里的其他老人在慕萨莱思小酒馆里喝上几杯，听人家唱歌跳舞，偶尔也会和人玩碰鸡蛋赌输赢。有时候手气不好，连着几个鸡蛋都破了，过去一个鸡蛋的赌注是一两毛钱，这几年涨到了一块钱。

艾里肯江输光了口袋里的十几块钱，便会派个小巴郎跑去家里找图尔逊汗要钱，好让他能多玩一会儿。图尔逊汗会象征性地抱怨一两句，但总会给钱，还说："这种事也不常有，想想他为家里挣的钱，这点儿钱算什么。"

一次，隔壁邻居私下对图尔逊汗说："你男人不好，赌钱。

这要是我男人，我一个子儿也不给他。"图尔逊汗生气了，反驳道："没错，但他不是你男人。你管好你家男人，我家男人我自己管！"邻居悻悻然走了，好久都不到图尔逊汗家来串门。

我们说着闲话，就看见帕提古丽在院子里走来走去地忙着。她说鸡要喂，羊要添饲料。她嫁到了邻村，回到家里就帮母亲干点活。我原本是想和帕提古丽聊聊，可她一直都在忙碌着，午饭时间到了，我只好告辞。

等我和艾里肯江、帕提古丽告别准备走时，图尔逊汗突然冲到我面前，一手拉着我的胳膊，另一只手伸开做刀状，果断地做了一个抹脖子的动作。

我惊诧而不解地看着她，她大大咧咧地随即拉着我转身，指指羊圈里的羊，接着又做了一遍抹脖子的动作。哦，原来她是让我不要走，要宰羊招待我呢！

皮匠李星

认识李星好几年了，其中也深谈过几次，但我始终都看不清楚他。在我的印象里，李星的生活是慢的，慢到了四十二岁的他只干过两件事，玩音乐和做皮具。

我认识他的时候，他已经有了自己的皮具店。他埋头做手工，有人在店里销售。他不怎么抛头露面，也不爱讲话，眼睛却是清亮的，没有中年男人的浑浊。

后来熟悉了，我知道他年轻的时候痴迷音乐。四个志同道合的人组建了乐队，李星是主唱兼吉他手。晚上他们在酒吧唱，也跑场子，白天排练。有钱的时候就喝酒抽烟开心，没钱的时候就节衣缩食排练。这样的日子他过了好几年。

他说，记忆最深的一次是一年初冬，在红山附近的一个酒吧演出完，四个人兜里的钱凑在一起不到十块钱。深夜没有公交车，四个人一路说着话，走回在团结路电视台旁租房子的地方。天都快要亮了，四个人坐在寒冷的早餐摊前喝豆腐脑，剩下的钱不够买包子的。就是那时候觉得日子不能这么过下去，父母、姊妹、妻子都在看着他，他不能只想自己的梦想。音乐的梦想一直在心里，可是一家人总要吃饭，不能让女儿没有奶粉喝，就是自己也不能饿着肚子去作曲、弹琴、唱歌。面对现实，总有不得不放手的时候。

一个偶然的机会，李星接触到了手工制作皮包。他喜欢这种手工的感觉。刚开始接触手工皮具的时候，没有老师教。那时候互联网还不发达，也没有相关教材，他就把自己关在地下室里琢磨。整整做了一年，每天就是画纸样、量尺寸、裁皮子、打孔、缝制，一整天都是他一个人在沉默着干活。有时候累了，也会抱着吉他弹上一曲，权当是休息了。上学的时候学过机械，懂制图，刚毕业那时候有一段时间的工作是和磨具打交道，这些知识都用上了。

李星说，专注地做一件事情的时候，其实心里是空的，什么也没有想。心随手动，而手在触摸，在感知皮子，切割的时候就是切割，打孔的时候就是打孔，缝线就是缝线，磨边就是磨边。每头牛生长的环境和吃到的食物都各自不同，最后变成的皮子也是不相同的。做东西最好的状态其实是没有自我的时候，只有皮子和手的默契。

但据我观察，即使做同样的物件，李星也会完全出于自己的原因，内心有种种不同的情绪。这个变化的过程也许很微小，一张皮子在手下一直在变，最后变成了一个物件，他显然是享受这个变化过程的。没有完全相同、相似的皮子物件，除却皮子不同，成形的过程中还有人的情感因素，相同的两个物件，仔细看去还是有细微的差别。

坐在李星的工作室里喝茶聊天，看他做手工，时间过得飞快，不知不觉天就黑下来了。

工作室不大，墙角摆了一张带抽屉的桌子。一套音响设备占据了桌子的一半面积，剩下的一半铺了厚厚的皮子，上面摆了些常用的工具，剪刀、挖槽器、削边器、菱斩、圆锥、冲子等。再过来是一张会转的椅子，椅子前面是一张略大的工作台。工作台大，一侧摆了一套简单的茶具，干活累了，转过来烧一壶水，泡工夫茶喝；另一侧才是李星工作的地方，也林林总总摆放着正在做的皮子和要用的工具。

房子的另一边是一张上下床，上铺放着一卷一卷的各色皮子，下铺有一套卷起来的被褥靠墙放着，露出的半截床板上也是工具和制作成的半成品。有时候干活晚了，不想回家了，他就在这里睡了。一进门的地方，放着一台切割皮子的机器。房子不大，但干净，东西摆放得也整齐。坐在工作台前，看着他干活，不由得人心里就静了下来。

生活中给我们养分最多的往往是人，而且跟他们的教育程度无关。有时候知识分子反而令人讨厌，倒是一些单纯的人的想法会触动你，让你发现，自己那些单纯、美好的东西早就不见了。

这些年，李星的设计一直以个人比较喜欢的简洁简约硬朗的风格为主。他说自己不喜欢以花雕、花卉等奢华风格为主流的传统皮具，这些皮具主要功夫在于皮雕，而他更加偏爱皮具的整体造型。

李星和有些玩皮子的人不同，他没有把这个当成一项艺术活动。他说自己就是会一个手艺，就是一个皮匠。

　　现在他很少做束之高阁的艺术品，更多地做对大多数人有实用价值的、相对廉价、多量的，和普通百姓生活有着密切联系的物件，如手机套、钥匙包、皮带扣、钱包、卡包、名片包、笔筒、抽纸筒等。这些物件首先是给人用的，要优先考虑使用的便利，然后才是具备工艺之美，只是工艺自身的力量是很弱的。首先要考虑人，是人在使用它，它是一个物品，那就要在确保方便、实用的基础上再考虑美观，美也是有实用价值的美。

　　李星强调的手工之美，是工艺之美，和日本的柳宗悦强调的工艺之道是一脉相承的。柳宗悦在《工艺之道》这本书中说，工艺之美是他力之美，与这样的美相对应的是"知识""个性""稀有""高价"和"异常"等。与实用结合最为紧密的器具所表现的工艺之美是最为健全的，是用具与美器的统一体。只有与实用相结合才能成就工艺之美。

　　柳宗悦说如果从美的角度出发，大众使用的器物、生活中的公共用具、大量制作的廉价物品、任何人都能够买得起的商品、最为平凡的东西，这些事物才与美之基础有着深厚的缘分。这也就是器物的命运吧。

　　我不知道李星是否看过柳宗悦的那本《工艺之道》，但是他们对待平凡的存在物与美的一致所持的态度肯定是相同的：若是因故离开了用途，器物便会失去生命，如果不堪使用，器物就没有存在的意义。柳宗悦认为只有具备了服务之心的器物，才能被称为美的器物，工艺之美就是实用之美，所有的美都产生于服务之心。

随着阅历和年龄的变化，设计理念是否会随之变化和朝多元化发展？对于这个问题，他给出了自己的答案：这个基本不会转变。他说，牛皮在岁月的磨砺下，会因为人的使用和摩擦，渐变出泛旧的效果。这其实就是一个自然形态的二次加工过程，一种天然变化，而这种天然变化，只有用最简洁的形态展现出来，才能被发挥到极致。

他认为，牛皮经过岁月自然形成的陈旧感最是迷人，而只有表面没有任何图案和花纹，才能最大程度地让人注意到这些渐变的岁月痕迹。制作是一方面，他个人更看重的是作品的整体感觉。手工皮子，粗针大线，有时候做坏了一至两针也不会影响作品，拿捏好整体的形状和保证简洁的外观，这就是手工皮具的魅力所在。当然，细节也很重要，对边的圆润处理、封边抛光等会令整个皮具提升一个档次。

制作出来的物件主要在实体店进行销售。但是因为手工制作，比较缓慢，逐渐跟不上实体快速销售的脚步，店里也进了一些成品的皮制品。

以前也会接定制服务，现在很少接了。李星提高了定制的门槛，哪怕是一个简单的卡包，少于两千元不定制。为什么这么规定？李星说原因是定制的客户常常并不了解手工的意义，也不理解手工需要的时间，总拿手工一针一线缝制出来的皮具和商场里卖的机器成品比较。价值观、生活理念不同，沟通起来困难。李星有着匠人的率真和执拗，索性不沟通了，他说："我做出来的东西，就在那里摆着，你看上了就买，看不上也不强求。"

店里的收入要交房租、给店员发工资，剩下的大多都投入采买皮子和辅料里了。做手工并没有让他过上富裕的生活，但他没有太多抱怨，他喜欢这样的日子。他说，就像你喜欢写作这件事，写作也不一定就可以给你富裕的生活，可是你也还在坚持做，如此而已。

赤木明登在《造物有灵且美》一书中说，每个人心中都有无数确切的东西：累积的回忆，无法言说的经历，实现不了的心愿，看似毫不相干又紧密相连的内心通道。没有人能看清内心的全貌，即使是自己。在人静默如森林、如深海的心中，漂浮着一些细小的东西，它们慢慢壮大成形，从心中奔涌而出。做东西，就是让深藏于内心的看不见的东西显性。

李星的时间是自由的，全部自己安排，但他会给自己制定每月、每周甚至每日的任务表，然后按照任务表去执行。如果进度顺利，完成得快，剩下的时间就会喝茶休息或者拿出吉他来弹唱一番。如果因为天气冷、皮料缺货等客观因素耽误了，导致进度缓慢，从早上八点做到凌晨也是常有的事。

对于"啸狼"这个品牌，李星说欣赏狼独来独往和桀骜不驯的形象，品牌名称和标识就这样产生了。

李星是我认识的手艺人中性格最特别的一个，倔强、敏感、执着，没有太多物质要求，安静、安心地做东西，内心很敏感，外表又不在乎。看着他，我经常想起我自己。我对待文字，有没有他那么纯粹，有没有他那么绝对？

一个雨夜，我们喝茶闲聊，说了许多关于人生和梦想的话题，最后李星说其实制作皮具的过程，从头到尾都是与皮子和各种材料交流的过程。在这个过程中，有时候能从皮子上感受到一种超越物质、近似于人格的东西。天地自然里充满了未知，皮子由有生命的牛而来，而牛和牛也是那么不同。通过皮子，我们融入天地自然之间，会发现在我们自己的内心，也充满了谜一样的自然，像大海一样广阔。

唱歌的迈尔旦

东莞的花城大道上有一家名叫"伊犁风情园"的餐厅，颇具新疆特色。这家餐厅里单独的就餐者被安排围墙而坐，这些仅供两人就座的桌子一共有十张，占据了屋里两边的墙角。餐厅很大，更多的是一些四人、六人、八人就餐的大桌，通常不到中午这些座位就会全部被定掉。这个餐厅，散台的座位比包厢受欢迎。古丽在这里唱歌、跳舞，迈尔旦在这里驻唱。人们吃饭不进包厢，是为了听迈尔旦唱歌，看古丽跳舞。最近半年却只有迈尔旦一个人在表演，古丽怀孕了，迈尔旦又要做爸爸了。

迈尔旦和古丽都是新疆阿克苏人，是夫妻，在这家餐厅已经工作三年了，老板也是新疆人。来伊犁风情园餐厅吃饭、听歌的人却是五花八门、天南海北的人都有。东莞原本就是个移民城市。

迈尔旦长得和很多维吾尔族小伙子一样英俊帅气，高大的身材，挺直的鼻梁，眼窝深陷，睫毛浓且密，毛茸茸的，无处不透着新疆人独有的忧郁和神秘气质。他的脸啊，不能久视，看着会让人心怦怦跳。

迈尔旦很喜欢民谣音乐。在他看来，民谣就是用最质朴的语言讲述一个故事，把歌者的心情说出来。这些年，他组建过乐队，写歌唱歌，在湖边卖唱，在酒吧举办过个人专场演唱会。用自己的歌记录着身边的人与人之间的故事，从亲情到友情、爱情。这位穿着黑色短袖衫、牛仔裤的气质大叔，吟唱着东莞闪烁而刺眼的霓虹灯和城市的美丽，幸福地飞行在他可爱的生活中——只是偶尔会感慨一下渐渐溜走的青春。

古丽把四十五分钟称为一节，一节之中，她和迈尔旦唱完五六首歌之后，两人轮流休息，歌声却从不中断。有时候古丽也跳舞，给迈尔旦伴舞或者独舞，这个要看她的心情，唱歌是必要的，跳还是不跳就随性一些。来这里吃饭的人越来越多，很多人都是冲着他俩来的，因为老板也是新疆人，也喜欢他俩的歌，就不计较古丽是否跳舞。

因为迈尔旦的长相，很多人会对着他说英语。他总是笑着用一口流利的国通语说自己是中国人，是维吾尔族。也有顾客要求和他合影留念什么的，迈尔旦会一一满足顾客的要求。

迈尔旦在东莞的餐厅驻唱已经有五年了，早在来东莞之前，他在乌鲁木齐的音乐圈就小有名气。

刚出道时，是在西餐厅唱，没有伴奏，他自己弹吉他，唱点慢歌——有情调有味道一点儿的东西。西餐厅不需要太艳丽和闪耀的服装，他的穿着简单干净，有时候就是牛仔裤和黑色短袖衫。他会根据演出环境和唱歌的风格来决定今天穿什么。有时候他穿一身麻质的休闲装，弹吉他唱情歌，很有文艺范儿。

后来他在酒吧兼职。下午八点到晚上十点，被迈尔旦称为

"早场"。十点过后是"晚场",直到晚上十二点,这也是酒吧的黄金时间。许多歌手会在"早场"后换一家酒吧接着演出,也有歌手只赶"晚场"。那时候迈尔旦一个场只唱三首歌,就换下一个酒吧,再唱三首,然后再换一个酒吧……一天的收入在二百元左右,有时候多一点儿,有时候少一点儿,不稳定。

迈尔旦不喝酒,但他对在酒吧唱歌这个职业有种特别的感情,就是喜欢才去做。有人说在酒吧唱歌受气,会有不良人士的骚扰。迈尔旦觉得只有自己做过才知道,快不快乐完全是由自己决定的。他说当你把歌唱给别人听,让别人和你共同感受的时候,你自然会觉得快乐。

刚开始那会儿,吃不好睡不好都是常事,每天只睡三四个小时,其他时间都在排练,上台时非常紧张,双手都是冰凉的。后来舞台经验丰富了,才去了演艺吧和纯夜场那种地方唱,那是需要很久的经验累积才能够驾驭的地方,不是一个刚出道的演员就能轻松搞定的。

迈尔旦说那时候的生活,现在想来也很动荡,是经常在路上跑来跑去的感觉。那时候他有一辆旧桑塔纳,唱歌挣来的钱好像都用在加油、修车、请姑娘吃饭上了。

迈尔旦是因为追随一位回族姑娘来到东莞,可姑娘来到东莞就像是一滴水融入了大海,迈尔旦找不到她了。他不甘心,就留在了这个城市。这里和他习惯了的大漠孤烟直的西北是那么不同,空气湿润,那么多开花的树,尤其是疯狂开放的三角梅,常常让他惊讶,小小的花怎么会有那么旺盛的生命力。

刚来东莞的时候,迈尔旦靠以前的积蓄过日子,没多久钱就花得差不多了，生活没有着落。东莞的歌手们形形色色，是个藏龙卧虎的地方。有的来自曾经风靡一时的摇滚乐队，有的本身就是音乐制作人。歌手有自己的生存规则，老板们选择歌手时，不乏带点势利的眼光。初来乍到的新人在这里很难获得一席之地，有时甚至连面试机会都没有。迈尔旦说，当你逐渐站稳脚跟，能去一些比较有名的酒吧演唱时，那些曾经拒绝过你的老板又会打来电话。

那天下着小雨，迈尔旦在街上闲逛，看见一家叫"蓝鸟"的酒吧在招聘歌手，他想去，但没有人引荐，想了想就回了出租屋。第二天他走过那里，那个招聘广告还在，他想干脆用最直接的办法——找老板要求试场。老板也是个年轻人，一听他唱的那首《有多少爱可以重来》，还没有唱完，就决定留用他。迈尔旦是在这里遇见古丽的，当时另一个歌手不干了，就剩下古丽一个人在蓝鸟酒吧唱歌，有时候也跳舞。

迈尔旦刚认识古丽的时候，她还不太会弹吉他，演唱时也偏爱那些能"飙高音"的歌。认识了迈尔旦以后，她学会了吉他，能自弹自唱，唱法也不再是一味地炫技，而是想办法把歌唱得舒服，让客人听起来也舒服。现在，她多会选择一些甜美而阳光的歌。

迈尔旦和古丽的爱情好像是老天早就安排好的，当年迈尔旦在乌鲁木齐的酒吧唱歌时，遇见过那么多好姑娘，也有很动心的，也有很喜欢他的，但都因为种种原因没有走到一起。来东莞也是因为一段无果的感情，在东莞这个异乡遇见唱歌的家乡人古丽，让迈尔旦感到很温暖。两人有相同的成长背景，又有相同的志趣，男未娶，女未嫁，相爱好像是自然而然的事情。

迈尔旦出生在新疆阿克苏的一个小镇上，家中兄妹四人，他是老三。他的父母都是农民，父亲还是个鼓手。农闲时，父亲和村里的朋友三五成群地聚在一起，打着手鼓，弹起卡龙琴和都塔尔（一种拨奏弦鸣乐器）——唱木卡姆。这样的聚会没有固定的场所，打麦场上，白杨树下，某个邻居的院子里，都行。父亲敲手鼓的样子痴狂张扬，鼓声砰砰，在悠扬又有点儿忧郁的卡龙琴声里显得格外突出。一群粗犷的汉子，张大嘴，吼唱木卡姆，歌声像一股旋风，在每个人的心头萦绕，在黄色的旷野里鼓荡，浑厚，遒劲，迷狂，太阳在头顶，四面是如浊浪翻滚的沙梁。这时候，迈尔旦会在这歌声里心驰神迷，他在这歌声里慢慢长大，但他总觉得，这歌声少了点儿什么。他更喜欢架子鼓和崔健。父亲对他这个儿子无可奈何，经常在举办麦西来普时，把他拉到民间艺人跟前对他说："儿子你听，多好听！"

迈尔旦喜欢音乐也受姐姐的影响。姐姐阿娜尔汗从小喜欢唱歌，是某文工团的一位歌手，曾经在全国各地演出。第一次听到"吉他""架子鼓"这些词是姐姐告诉他的。他说自己是长大做音乐人了以后才理解，民族音乐浓缩了民族文化的精髓，太美了。

小小的迈尔旦在姐姐和她朋友的引导下开始学习架子鼓。初中二年级时他就在比他大很多的大哥哥们的乐队里担任鼓手了，在中学已小有名气。

上高中开始自学吉他，学着弹唱。二〇〇二年，迈尔旦考上了新疆大学数学系。大学期间迈尔旦挺"不务正业"的，大学四年他一直在做音乐、搞乐队。每天上完课第一件事就是拿着吉他弹唱会儿流行歌曲。

学校的锅炉房旁边有一个闲置不用的旧房子，迈尔旦和几个爱好音乐的学生一起跟后勤处提出租用，没有想到后勤处的一个工作人员年轻时也喜欢玩音乐，就给他们提供了方便。他说那个房子闲置着也是无用，你们自己打扫一下，就在里面排练吧。他们几个人高兴得癫狂了，去学校小饭馆喝啤酒，庆祝他们的"青苹果"乐队终于有了排练场所。后来他们在那个房子度过了三年的愉快时光，很多曲目都是在那排练完成的。他们的"青苹果"乐队还在大学火过一段时间，可惜大学毕业后，同学们各奔东西，乐队就散了。

上大学期间，迈尔旦还参加了古诗词、山水画社团活动，虽然最爱的还是音乐，但那些迈尔旦也都觉得很好，都有意境和文化底蕴，他可以从中学到很多。他觉得好的东西没有界限，不管是什么民族，或是什么国家，只要是好的，就可以不分界限地去学习、欣赏和接受。他只是实在不喜欢自己学的那个专业——数学，考试挂科也是经常的事情。四年勉勉强强毕业了，他没有去学校实习，更没有去中学当数学老师，而是选择了做一名歌手。这个决定让老父亲对他很失望，等他决定离开新疆去东莞时，就没敢跟父母讲，他是到东莞一段时间以后，才给家里说的。父亲接到他的电话时说，老天啊，他离开家那么远，怎么办呢！父母尽管不愿意他去东莞闯荡，可是孩子大了，他们鞭长莫及，只能随他去了。

迈尔旦的父母希望他能找一份稳定的工作或是考个公务员，但他从大学毕业以后就过着流浪歌手的生活。父母曾经对他的生活很担心，迈尔旦说自己心里其实也很愧疚，平时都是报喜不报忧，可是三十岁之前还是让他们操碎了心，一直到前些年在东莞买了房子，结婚、生子，这才让他们不那么担心了。

古丽的身世比迈尔旦复杂一些，她也是在阿克苏出生长大的，母亲因病去世得早，父亲是普通工人，下岗也早，家庭经济条件方面可想而知。古丽从小爱唱歌，高中毕业考上了新疆艺术学院的表演系。大学一毕业就和几个小姐妹在阿克苏的歌舞厅唱歌跳舞，父亲不愿意她做这一行，总想快快把她嫁掉，可是她可不想那么早结婚，她向往更大的舞台和天地。一个偶然的机会，她和两个小姐妹一起来到了东莞。为了养活自己，每天就到酒吧唱歌，算下来一天挣的钱，只刚够她们当天的伙食费和车费，再没有余钱去做别的，日子过得很清贫。

和古丽同来的两个小姐妹，坚持了一段时间，就放弃了。日子虽然很辛苦清贫，但古丽不赞同她们的选择，可也阻止不了别人的选择。因为人生的道路不同，原以为可以一直在一起的朋友，慢慢都走散了。古丽知道只有自己更加努力才能改变处境，她没有放弃，反而是更加上进了。

下午五点，古丽从出租屋出发，坐半个小时公交车来到酒吧聚集的市中心。六点，在玉兰大剧院附近的凯撒酒吧，她开始了自己一天的演出。此时，东莞的街道逐渐展示出幕下的繁荣，一家一家酒吧里飘出各种歌声。

古丽从"早场"唱到"晚场"。每晚，她能得到现结的二百块底薪。此外，如有客人点歌或听得开心，还会有额外的点歌费和小费。而她的收入因为老板们的欣赏水平差异而跨度巨大。

"两千元也拿过，六千元也拿过。"古丽说。

迈尔旦遇见古丽的时候，古丽已经在那个蓝鸟酒吧驻唱半年了，生活基本处于稳定。迈尔旦宽厚的性格和乐于助人的好脾气让古丽很欣赏，是迈尔旦教会古丽弹吉他，也给她的舞蹈提一些建设性的意见。一次下班之前，一个无良客人出言不逊，骚扰古丽，迈尔旦挺身而出，为古丽解了围。这次的经历，让两人原本就好的关系更近了一步。

结婚后，他们一起又转过几家酒吧和西餐厅，其间古丽怀孕、生孩子、带孩子，停止唱歌一年。两人一直在一起唱歌，到现在这家伊犁风情园也是经新疆朋友介绍后，他们一起来的。老板洪军是个爽快的新疆人，饭店里的饭菜也是新疆菜系，他喜欢新疆歌舞，也喜欢迈尔旦和古丽这对夫妻的表演，给了他们优厚的待遇。所以迈尔旦和古丽来了以后就没有再走，一直在这家餐厅唱歌、跳舞，没有再去跑场子。

他们攒钱在万江区按揭了一个八十多平方米的房子，一家三口不用再住在出租屋里。他们的家有落地的大窗户，有乌鲁木齐二道桥的地毯，这是个南北方生活相融的空间，窗外是一年四季都绿着的榕树和木棉，屋里有南方生活必不可少的烘干机，厨房里拿出的早餐是奶茶和馕。这个单元，这栋楼，或者说这个小区只有他们一户维吾尔族家庭，买馕、羊肉要去很远的定点销售新疆食品的店，附近只能买些蔬菜、鸡和鱼之类的食物，但他们的日子也和邻居一样过得有滋有味。在这里住久了，天天抬头不见低头见的，大家都相互认识了。邻居们知道他俩是新疆人，有一个可爱的女儿，也知道他们是维吾尔族，尊重他们的生活习惯。

有时候古丽做了抓饭，也会邀请邻居来吃一顿。

现在古丽又怀孕了，舞台上唱歌暂时就只有迈尔旦一个人，大着肚子的古丽不上台，但她会坐在角落里，和女儿小古丽一起看她们爱的人在台上唱歌。迈尔旦偶尔会让女儿小古丽客串一下，上来逗个趣。

迈尔旦的女儿今年五岁了，长相结合了迈尔旦和妻子的优点，眼睛大，鼻梁挺，头发是蜜一样的黄色，皮肤很白，睫毛又长又弯，像个洋娃娃，很可爱。小古丽天生不怯场，摇摇摆摆上来，还没有唱歌跳舞就已经萌翻了众多的食客。

迈尔旦说小古丽可能是家庭熏陶的缘故，也喜欢唱歌。才五岁，在家她能很熟练地打开电脑摄像头，调整好面前的麦克风，播放流行音乐。小姑娘自己坐在家里的直播间内，一时演唱歌曲，一时讲笑话逗乐观众。

原来，前几年古丽参加了一档电视选秀节目后，有了一次出唱片的机会。但后来因为种种原因最终没能如愿，但这个梦想一直都在她心里。古丽上大学学的是表演，唱歌是后来的事情，她一直都希望能在舞台上展示自己表演和主持的才能。后来有了孩子，年龄也渐渐大了，她觉得有些事情再不做，这一辈子就不会再做了。两年前，在迈尔旦的鼓励下，古丽尝试当网络主播，每天在网络上直播唱歌四五个小时，偶尔迈尔旦也帮她客串一下。因为古丽靓丽的外表，丰富的舞台经验，宽阔的音域，诙谐幽默的主持风格，至今在网上已经累积了三十万粉丝。小古丽天天看着妈妈在镜头前又唱又跳，她也学会了，她坚决要求给她注册一个号，她也要表演，也要上电视。维吾尔族人天生就爱唱歌和跳舞，小古丽天真纯稚，像个快乐的小精灵，她的加入给古丽增加了不少人气。因为怀孕的缘故，古丽已经好久没有录播了，倒是小古丽天天在网上玩得不亦乐乎。现在小古丽在网上的名气，比她妈妈的名气大，很多人给她送鲜花和打赏。

迈尔旦和古丽对女儿的教育属于放养式，迈尔旦觉得她还小，应该有个快乐的童年，喜欢唱歌跳舞就喜欢吧，将来上学了，再引导她读书学习也不迟。因为有这样开明的父母，小古丽活泼天真，爱唱爱跳。她古灵精怪的样子，见过一面就很难忘记。

东莞这座城市对民谣歌手比较包容，很多土生土长或是外来驻东莞的民谣歌手在这里成长。每天，他们背着吉他穿梭在大街小巷，去往一个个咖啡店或者酒吧驻唱。为了生存，也为了梦想。据说，东莞的民谣歌手数量可能在一两百人以上，标准的出场价是一场二百五十元，名气更大的费用自然也会高一些。不仅会唱歌，很多歌手也精通各种乐器，所以也有人兼职开设乐器班。即使收入不是很丰厚，但足以保持正常的生活。很多歌手也随着年龄的增长渐渐放弃，转而寻求一份朝九晚五的稳定工作，只是偶尔想起当年的情怀时，再弹弹吉他。然后，又有一些年轻人加入这个群体中，怀揣着梦想弹唱在这个永远喧嚣和车水马龙的城市。

不过，也有少数人坚持了很多年，迈尔旦和古丽就是这样为数不多唱了二十多年的歌手。快到四十岁的迈尔旦马上是两个孩子的父亲。谈到音乐、弹唱、歌手这件事，他并不觉得是自己的事业，而是当成了日常生活。事业可能会失去，生活永远不会。

迈尔旦觉得，音乐是个人的，只要是歌手写出来的歌，那就都是好的，因为至少这首歌可以感动自己。如果怀揣着追名逐利的目的去唱歌，背负着这样的包袱，音乐就不再纯粹了。就这样简单地唱下去，当成一种普通的生活方式，感动自己，蛮好的。

迈尔旦说自己喜欢唱一些有张力的歌，唱的时候还会有意识加入新疆的木卡姆元素，这些像是自己的标签，让他和别人不一样。其实也是他自己喜欢中国传统的调式，再加入民族音乐元素，他感觉到这是一种美的享受，既然音乐可以包容，那么人也应该这样，有包容和融合。

他会翻唱刀郎的《喀什噶尔胡杨》《二〇〇二年的第一场雪》等有新疆特色元素的歌，也会唱刘欢的《从头再来》、李宗盛的《凡人歌》。至于今天先唱什么后唱什么，唱什么不唱什么，都是由他的心情决定。

迈尔旦说："生活就是这样，我喜欢唱歌，古丽也喜欢唱歌、跳舞，我们有一个舞台，我们做喜欢的事情，还可以有好的收入，能养孩子，孝敬老人，这样不是已经很好了吗？对于唱歌，现在我并没有那么多野心，我不想参加选秀节目，也没有想去太大的舞台，我唱歌是给我自己唱的，不是为了让别人喜欢我，不是要讨好别人。我唱歌仅仅是为我自己。我需要唱歌，我喜欢唱歌，就这么简单。"

甜蜜的事业

往前一步是苹果林，退后一步还是苹果林。

种了三十多年苹果树的果农甘永军，站在新疆阿克苏地区柯柯牙防风林和自家果园的交叉路口。过去三十多年里，他曾不止一次想象这里是世界的中心。

他永远记得那个时候，三月的阿克苏，春寒料峭。刮风了，沙借风势，风借沙威，整个柯柯牙，整个阿克苏市都变得昏天黑地，一米开外，人们都无法看清对方。白天屋里光线昏暗，不点灯无法正常生活，不戴口罩、头巾就无法出门。

人们在阿克苏市骑自行车，突然刮起风来，铺天盖地的沙子就过来了。眼睛睁不开，自行车被风吹倒是常有的事情。

风沙虽起源于塔克拉玛干大沙漠，但真正影响城区和温宿县人民生活的却主要来自柯柯牙。柯柯牙，意为"青色悬崖"，位于阿克苏城区东北部，这片大荒原却和青色毫无关系。

年复一年的风沙扑咬，使这里土壤瘠薄，沟壑纵横，就像狼群啃噬后的骨骸残肢。一九八六年，为改变恶劣的自然条件，阿克苏启动柯柯牙绿化工程。三十多年前，阿克苏地区实验林场场长毕可显被抽调来担任了地区林业局局长，塔里木农垦大学林学院的教授依马木·买买提来这里当了柯柯牙林管站第一任站长，阿克苏地区水利局的闫长庚被调来负责为柯柯牙引水……先引水、后造林，先城内、后城外，先建防风林、后建经济林，由北向南逐步推进。

一台台推土机，一群群扛着坎土曼和铁锹的各族干部群众，甚至动用了部队官兵对"难啃"的地块实施爆破……

在"防护林每亩补贴十五元，经济林地不缴租金不缴水费，林管站免费提供技术指导"的政策吸引下，柯柯牙林管站从天山林场、实验林场、佳木林场先后招来二百多户承包户。越来越多的社会力量被吸引到以柯柯牙绿化工程为代表的荒漠治理行动中来。阿克苏地区阿瓦提县的棉农张新洪和昌吉回族自治州木垒哈萨克自治县的农民甘永军的父母都是其中的代表。

甘永军是在柯柯牙这片土地上成长起来的"林二代"，是柯柯牙绿化工程的亲历者、参与者、见证者。他至今记得，那天早晨，父亲指着柯柯牙荒芜贫瘠的土地对他说："以后这里就是家了，我们要在这里种树，盖房子，在这里生根、发芽。"那年他十七岁，如今他已经四十七岁了。现在他拥有两个成熟的果园，一个正在建设中的农家乐饭庄。阿克苏市里有楼房，柯柯牙的果园里有平房，院子里果蔬茂盛，花香四溢。现在的他出入有汽车，银行有存款，他这个外乡人真的在这里成家立业了。

三十多年的人生际遇，都是苹果树给的。

惊蛰过后，春回大地，阿克苏各单位又开始组织人来柯柯牙种树。甘永军关心天气冷暖变化和雨水的情况，电视里的气象新闻一过，他就出门看天气，这时候他点根烟，一言不发，若有所思。

在柯柯牙承包了几十年果园的人都明白，如今坦荡丰饶的土地，每个转弯的远处，福祸相交。春天的好天气能把树种活，这是很大的福气。柯柯牙人需要这种福气，阿克苏人需要这种福气。

靠着天时地利人和，柯柯牙的苹果长得格外标致争气。苹果为扁平形，平均果重一百五十克，果面光滑细腻、色泽光亮自然，皮薄肉厚，质地较密，味甜汁多，含糖量高。

甘永军说，柯柯牙的人家家户户都和种树绑在一起，要不家里是种植枣树的，要不是种植苹果树的，要不是依托果园办农家乐的，还有几户，专门做果园地里的肥料买卖。一到秋天果蔬成熟季节，苹果收购商和红枣收购商就来了。阿克苏的市民也来地里采摘苹果，发自拍照，再吃上一顿农家饭，欢欢喜喜回家了。

承包户们聚在一起时都感叹，三十多年前，柯柯牙一片沟壑、荒漠，风一来，漫天黄沙。如今在这个世界第二大流动沙漠——塔克拉玛干沙漠西北边的柯柯牙，一条逾百万亩的人工林带傲然挺立。它是新疆阿克苏黄沙漫漫和郁郁葱葱的分界岭。

柯柯牙沿着道路往外是成片的白杨树林，转头往村里乡里看，是另外一片茂密的果树林。

占了地域气候之美，但柯柯牙的苹果和红枣也并非朝夕瞬得的神话。种果树没有一个步骤是容易的，甘永军卷起袖子时露出晒得黝黑干裂的皮肤。土地显得不讲人情地公平，一种生命的丰盛，背后必定是另一个生命前仆后继的付出。

"一亩果园十亩田，桃三杏四梨五年，想吃苹果等七年，枣树当年就换钱。"这是阿克苏地区果农之间流行的一句顺口溜。

甘永军记得的事实是：第一年，树冻死了；第二年，肥料没上对；第三年，沙尘赶走了蜜蜂；第四年……

苹果树好不容易开始挂果了，才发现品种并不是受市场欢迎的红富士，只好把果树锯断，重新嫁接，走了五年弯路。当时林果业没有收入，只好在果园里套种大豆、葵花籽等作物，以维持一家人的生活。

第七年苹果终于丰收了……

苹果和红枣对于柯柯牙人不仅是水果，更是一日三餐，是日常依托。年轻时的甘永军也曾有过其他工作，他看着守着一片苹果园的父亲逐渐年老，他主动提出回来，打理满园的苹果。他不仅继承了父亲的果园，他还是阿克苏地区第一个开农家乐的人。餐馆就开在果园边上，餐桌就摆在果树底下。每年四月底之前，农家乐就收拾利索准备开业。五一小长假期间，阿克苏市里的人们开上车，穿过悠长的树林，自驾到这里。坐在果树下，吃着园子里种出来的新鲜蔬菜和刚才还在地上跑着的"苹果"鸡，看着四周绿荫匝地，不由感慨，阿克苏市民如今的好日子，和柯柯牙的绿化工程不可分割。

柯柯牙人骄傲地认为，中国最好的苹果在阿克苏，阿克苏最好的苹果在柯柯牙。

家族几代都是种地人的甘永军觉得，全世界的人都爱土地，都爱土地上长出来的冰糖心苹果。

　　每棵果树都是我的"孩子"，都是我一棵一棵种出来的，从一株小树苗到开花结果，都是我照料和管护的，没有一棵树是我不熟悉的。你看这棵树去年冬天受了冻，今年花开得少，果子就少，缓上一年也许就会好起来；那棵树是前年嫁接的，还没有挂果……甘永军说起果树来是熟谙的、畅快的。

　　阿克苏冬季寒冷，所以果品生长期病虫害发生极少。昼夜温差大、光照充足，加上用无污染的冰川雪融河流——柯柯牙河浇灌、沙性土壤栽培，以及高海拔的生长环境，使阿克苏苹果的果核部分糖分堆积成透明状，形成了世界上独一无二的"冰糖心"。阿克苏苹果采摘时间严格控制在每年的十月二十五日之后。较长的生长期让阿克苏苹果更多地汲取了大自然的精华，形成了无与伦比的独特品质，被称为新疆的"水果皇后"。其香味浓郁，和别处苹果的确大有不同，更以其独特的冰糖心而享誉海外。

　　阿克苏的冰糖心苹果出名了，售价比其他地方的苹果高，因此很多地方有冒牌的阿克苏冰糖心苹果。阿克苏人不用吃，看一眼就知道是不是正宗的阿克苏冰糖心。

　　专家总结了正宗的阿克苏冰糖心苹果的五个特征：阿克苏冰糖心苹果果面光滑细腻，果点隐约可见；外地苹果果面粗糙，用手触摸有明显的摩擦感。阿克苏冰糖心苹果色泽光亮，颜色略黄；外地红富士颜色红，无光泽。阿克苏冰糖心苹果果肉细腻，肉质色泽略黄，咀嚼后基本无残渣；外地苹果则果肉疏松，水分不足，肉质苍白。阿克苏冰糖心苹果的果核透明，俗称"糖心"，是区别于其他产地红富士苹果的标志。阿克苏冰糖心苹果每年十月中下旬才开始采摘，十一月初上市；外地苹果每年九月末已开始上市。

要说起阿克苏冰糖心苹果的营养价值，柯柯牙的果农可以一口气给你说上七八条：阿克苏冰糖心苹果中的维生素C是心血管的保护神；阿克苏冰糖心苹果可以延缓记忆衰退，有预防哮喘和糖尿病等作用；阿克苏冰糖心苹果具有生津止渴、润肺除烦、健脾益胃、养心益气、润肠、止泻、解暑、醒酒等功效；阿克苏冰糖心苹果含有丰富的果胶，有助于调节肠胃的蠕动，排毒养颜，防止肥胖……总之阿克苏冰糖心苹果好处多多。

柯柯牙的冰糖心苹果，是柯柯牙绿化工程的副产品。柯柯牙绿化工程已成为全国生态系统修复的典范，先后被联合国环境资源保护委员会列为"全球五百佳境"之一，被教育部、生态环境部评为"中小学生环境保护教育基地"，被全国绿化委员会、人力资源和社会保障部、国家林业局评为"全国防沙治沙先进集体"。

从昔日"漫卷狂风蚀春色，迷梦黄沙掩碧空"到如今"风拂杨柳千顷绿，水润桃杏万园红"，柯柯牙绿化工程已累计造林一百多万亩，书写了新疆版的"塞罕坝"荒漠绿化奇迹。

甘永军一家的果园是柯柯牙绿化工程的一部分，在柯柯牙还有很多像甘永军一样的果农，在经营着甜蜜的事业。命运很玄妙，总是慷慨地给出希望与契机，但每一站都有人举臂呼应、赢粮景从，一直走下去、走下去，就已是有了满怀甘甜的营养果实。

牧民乌图那生的一个下午

　　吃过午饭一会儿，乌图那生就出门了。他轻轻一跃上马，顺手打了一下马屁股，马就跑起来了，跨过低矮的栅栏，朝学校跑去。跑了一里多地，马放慢了脚步，低下头，吃着地上的青草。离上课的时间还有点儿早，时间是充裕的，乌图那生就任由马自己吃去，他盘算起自己的心事。天气就要凉了，他一定要在冬天以前买好摩托车，可是买摩托车的钱还差一点儿。羊是不打算卖的，牛倒是可以卖掉，只是到底卖掉哪头牛让他有点儿烦心。

　　家里一共八头牛：三头小的，都是今年下的牛娃子，还小，卖不了好价钱；三头母牛正值壮年，明年还可以下牛犊、挤牛奶，卖了可惜；剩下的两头牛，一头是小公牛，一头是上了岁数的奶牛，就是这两头让乌图那生不知道怎么办才好。小公牛是儿子巴图一手喂大的，每天放了学他都要牵着它在外面吃一会儿青草，和它玩一会儿才肯进毡房写作业。怎么给儿子说呢？儿子肯定又哭又闹，不愿意。那个黄颜色上了岁数的奶牛，又卖不上什么价钱，原本是打算秋后宰了做风干肉的，如果卖了，冬天吃肉怎么办。连同这个坐骑，家里还有四匹马，但那是乌图那生的心爱之物，他可不想他的坐骑成了风干肉。

草原上的夏天，即使是午后，太阳也不强烈，暖暖的，晒得人昏昏欲睡。乌图那生想着牛的事情，一摇一晃地溜达着到了学校。

今天是星期二，乌图那生是给学校老师上课，特意来得早了一点儿。乌图那生在查干库勒乡中学可是个特殊的老师，他既是这个学校的学生的老师，也是这个学校的教师的老师。因为星期二、星期四的下午他要教老师唱长调，其余的下午教学生。他是牧民，又是老师，他的工资也是特殊的，不是政府给派发的，而是查干库勒乡中学校长巴图巴格尔用学校师生勤工俭学得来的钱给他发工资。虽然每个月只有五百元，但这个钱意义不一样，乌图那生很看重"老师"这个身份。

今天乌图那生来得早了一点儿。正是课间休息时间，不大的校园里，孩子们跑着、跳着，有的在摔跤，脸红脖子粗地较着劲儿，看见乌图那生走过，停下来，恭敬地喊："老师好!"乌图那生不由得就有一种自豪感。打开教室的门，看了看桌椅板凳，乌图那生擦去了黑板上的上一节课老师写的粉笔字，一些粉尘落在了衣袖上，他看见了，但也不抖掉。

他走下讲台，坐在窗户边的课桌前，想起心事。

虽然乌图那生上课时不在黑板上写字，但他还是喜欢黑板上干干净净的。他是用口传心授的方法教课的，就是他唱一句，学生唱一句。当他还是一个九岁孩子的时候，他的妈妈布丽根就是这样教他的。

那时候的冬天，他们转场在冬窝子住下。外面有厚厚的积雪，人在屋子里围着炉火坐着，没有事情做，妈妈给他们兄弟姊妹几个唱长调，打发时间。他和姐姐听多了，自然也就会唱了，唱唱自己的喜怒哀乐，唱唱对未来的憧憬。是长调让他找到了生活的出口，让他有了宣泄的欲望。后来，他已经不满足于母亲的那几支曲子，他买了一本长调歌本，开始自学曲子。遇见唱不下来的曲子，他就问老人，有时候也问年轻人，只要别人会唱他不会的长调，他就一定要别人教他，直到他学会为止。据说长调有二百多支，但好些也只是听说，附近没有人会唱，常见的也就五十多首，他都会唱。

前几年，县里举办了全县首届长调比赛，他去了，得了二等奖。也就是那次比赛，查干库勒乡中学校长巴图巴格尔找到他，请他给老师、学生教长调。当时他有点儿犹豫，心想我是个牧民啊，再说每天下午都去上课，很耽误其他事情。校长巴图巴格尔看出他的顾虑，诚恳地说："我是不能给你更多的报酬，可是咱们乡是长调之乡，实际上唱得好的人现在越来越少了！老人去世了，年轻人会唱的不多，孩子就更少了，我心里着急。"就是校长的这句话，最终让他决定了来当这个"老师"。

孩子学会一首长调需要二十天左右，因为没有曲谱，是一句一句教的，所以慢一些。现在孩子们会唱五六首了，但唱得好的只有三首，一首是想念家乡的，一首是想念父母的，还有一首是唱给兄弟的。在查干库勒乡中学庆祝中华人民共和国成立六十周年文艺汇演上，乌图那生的学生上去表演了长调。县里宣传部组织百日文化广场活动，孩子们也上去唱了一支名叫《嘎力增胡》的长调。

　　夏天县里举办了第二届长调比赛，乌图那生和他的学生都上台唱了，乌图那生是参加比赛，他的学生是表演。结果乌图那生得了第一名。他的学生都为有他这样的老师感到骄傲，也越发从心里尊敬他，在校园里看见他，老远就打招呼，上他的课时调皮捣蛋的现象少了。而乌图那生也教得更认真了。

　　冬天，他这个牧民是一定要搬到冬窝子去住的，这样离学校就远了，有近三十公里路呢！骑马去学校上课，冷不说，还耽误时间，所以他要换坐骑了。这会儿，看着窗外追来打去的孩子，想到自己的儿子巴图，他突然有了主意，想好了要怎么给巴图说卖掉那个小公牛的事情。

　　上课铃声响了，大家都开始进教室，乌图那生站起来整整衣服，准备给老师上课了。

巴扎上卖烧烤的阿依古丽

阿依古丽把洗干净的扦子又擦了擦，归成一拢，放在一个剪开的酒盒子里。她整理了一下那些洗干净的蘑菇、香菜什么的，把那些装作料的瓶瓶罐罐和装蔬菜的箱子、塑料袋在车上摆整齐，又给毛驴拿了一把青草，这才朝隔壁院子喊了一嗓子：古海尔罕！那边古海尔罕答应了一声。她也在收拾去巴扎上要用的东西。

不一会儿，她俩和古海尔罕的小女儿热娜还有阿依古丽的弟弟迈尔旦坐着一辆毛驴车出发了。迈尔旦赶毛驴车，坐在前面，古海尔罕搂着女儿，和阿依古丽坐在他后面，在她们的后面就摆着那些要去巴扎上卖的东西。一辆小小的毛驴车，装得满满当当的。小毛驴不紧不慢地晃悠着，出了村子的路口，就向巴扎的方向晃过去了。

路上三三两两的毛驴车、三轮车，不用猜，都是去赶巴扎的。最有趣的是车上的人，有长须飘飘精神矍铄的老者在前面赶车，后面坐着女人和孩童；有戴着高高的毡帽的中年汉子，拉了庄稼在车上，慢慢走着；还有手拿鞭子，耷拉着脑袋在打瞌睡的男子，看不清面目和年龄，就见他随着毛驴车的节奏悠悠然然摇晃着、向前移动着。

忙活了一早上准备东西，阿依古丽终于可以利用在路上的时间想想自己的事情了。赶着巴扎卖烧烤，这生意阿依古丽和弟弟也已经做了三年了，虽然利润不是很大，可是这几年也攒了些钱。盘算一下，自己的嫁妆、弟弟娶媳妇的钱应该都够了呢！

古海尔罕是今年年初才参加进来的，她是阿依古丽儿时的伙伴，结婚早，男人不争气老赌钱，输了回家还打她。这么过了几年，终于还是离婚回到了娘家。看阿依古丽赶巴扎，自己把家撑起来，她也没什么其他生计，就打了馕，搭了阿依古丽和她弟弟的毛驴车，一起去赶巴扎。这都过去大半年了，生意不好不坏，但起码维持基本生活的钱有着落了，并且，古海尔罕也因为赶巴扎变得开朗了些。有时候就是热娜帮她看着馕摊摊，她去巴扎上逛，这里看看，那里摸摸，有时候跑去和卖香菜的帕里达聊天，蹲在那里，两个人叽叽咕咕说上半天。依阿依古丽看，对于古海尔罕来说，卖馕是次要的，去巴扎上找朋友、聊天是主要的，她也还是想找个合适的人嫁了吧。

要说热娜这个孩子还是挺懂事的，妈妈去巴扎上闲逛的时候，她就站在馕摊摊边上，双手揣在袖子里，镇定自若地站着等买家。

巴扎在各个村里是轮流坐庄的，周一在这个村，周二在那个村……一周时间每个村都会轮一遍，下一周又从头开始。以前，阿依古丽小的时候，每次爸爸赶着毛驴车，妈妈在后面坐着，她和弟弟两个人或坐或躺在驴车上。车上装些地里产的麦子或是羊什么的，到巴扎上换取其他家里要的东西，那时候毛驴车也是这样晃晃荡荡地去赶巴扎。那时她和弟弟去巴扎，更多的是玩、吃好吃的。现在爸爸不在了，妈妈又有病，去巴扎是为了生计，为了交易。到底是穷人的孩子早当家，弟弟迈尔旦也懂事了，阿依古丽在给客人烤蔬菜的时候，迈尔旦就在旁边搭把手，收拾前一拨客人吃剩下的食物、擦洗扦子等，他也不再像以前一样到处跑着玩了。

毛驴车晃晃荡荡快到上栏杆村时，巴扎上的人还不是很多，他们来得算早。迈尔旦麻利地把车上的东西卸下来，先把毛驴车拴在一溜儿棚子下面——那里是专门拴来赶巴扎的毛驴车的地方。阿依古丽把卖烧烤要用到的碗柜、架子、长条凳都一一摆好，她小心地把洗干净的蔬菜整齐地摆放在玻璃碗柜里，以方便客人挑选。迈尔旦也不说话，看着姐姐做这些细致的活计，他去旁边把炉子支了起来，又去捡了点柴草，点上火，把小煤块放在柴草边上来引火。

古海尔罕和热娜也在旁边找好一块空地，支好了卖馕的摊位。古海尔罕人坐在那里，心却不在，东看看，西看看，一副魂不守舍的样子。倒是热娜站在摊子边上，很是淡定，脸上是这个年龄的小女孩不该有的成熟和淡漠。这个小女孩遭逢父母婚姻的变故，早早懂事了，阿依古丽像她这么大的时候还在闹着母亲给她买好玩的、好吃的呢，哪里知道给妈妈帮忙卖东西！

巴扎上人多了起来，拴毛驴的棚子已经有很多毛驴了，它们挤挤挨挨地相互嘶叫着，好像人们昨天在那里见面，今天又在这里见面，相互之间打招呼。人是感情动物，毛驴又何尝不是呢！

巴扎开始热闹起来。卖干果的那片地方，男人女人们打开褡裢、包袱、箱子等装干果的器皿，把薄皮核桃、杏干、酸枣、红枣、葡萄干堆放得高高的，一家挨着一家，摆放整齐，红的红，绿的绿，煞是好看。令人难忘的是巴旦木，巴旦木有保护心脏、预防心血管疾病的功效，是一种名贵的干果，好的巴旦木皮很薄，像纸一样。维吾尔族人是很喜欢巴旦木的，常把它的图案绣在小花帽上或绘制在家具上。

旁边是卖生活用品的一片地方，一家一家摆放着包了亮闪闪铁皮和钉了好看钉子做成图案的做工精良的箱子。最有意思的是那些箱子一个摞着一个，最大的在下面，小一点儿的依次在上面，摆放得高高的，像个金碧辉煌的金字塔。紧挨着的是个卖铁皮制品的摊位，铁皮制的火炉、烟囱、水壶、水盆错落有致地摆放了一地，那其中的大肚细颈的洗手壶简直是一件工艺品，也不知道做这么个水壶要花费多少时间。

在阿依古丽和古海尔罕所在的饮食市场，有用雪白的面粉制作的由大师傅拉成的拉条子，嚼在嘴里滑溜有劲。盖在拉条子上面的是羊肉炒菜，西红柿、芹菜、皮牙子和羊肉是主要食材，把它们放在油锅里，用大火猛炒，色香味鲜。这叫拉条子，也叫拌面，是新疆的特有面食。

除此之外还有用羊肉、胡萝卜、葡萄干和大米做成的抓饭。还有油塔子、炒面、馄饨（当地人称其为"曲曲"）、薄皮包子、烤包子、馕……最叫人垂涎欲滴的是烤羊肉串。

那串肉的铁扦子是特制的，半米长，扁形，半厘米宽，拿在手里沉甸甸的，上面的羊肉足有半斤重。肉串在炭火上嗞嗞作响，撒上辣子面、精盐、孜然，老远就闻到了香味。吃烤肉时不宜太快，否则那羊油会滴在你的身上，而且那火烫的铁扦子不小心就会烫了你的嘴唇，可是很多人还是挡不住烤肉的奇香，禁不住大吃大嚼。

更远一点儿的地方还有专门卖农具、衣服、牲畜等的片区，巴扎把这一片刚才还空旷着的荒地装点得热闹非凡。这里就像一个盛会，人们带着各种所需，装扮好自己，从各个村落汇集到这里，在这里买卖、交易、闲逛、游玩、交友等。

阿依古丽擦洗好长条凳，含笑坐着等顾客，她的嫁妆、弟弟的彩礼都在这个烧烤摊子里了。茄子、蘑菇、辣椒等素菜一串五毛钱，像香肠、鸡蛋、羊肉等荤菜一串一块钱。她卖得都不贵，想吃的人自己就会来了。现在还没有什么客人，但她却并不愁苦，也许是出于天生乐观的心态。

前年爸爸突然得病去世了，妈妈身体一直都不好。她和弟弟还小，家里的九亩地没有人种，是她给妈妈建议包给了隔壁的吾齐昆的，他家种棉花，收成不错，也愿意多种些地。没有了地，租金不是很多，一家人的日子就成了问题。那时候她在县里上高中，就要毕业了，索性就没有考大学。她整天琢磨做点什么可以养活妈妈和弟弟，一开始也没有啥好想法，她就带上弟弟去逛巴扎，看看这个摊摊，又和那个卖烤肉的邻居聊聊。就这样过了好些日子，她一直琢磨着自己能干点啥。

铁匠做的铜壶、铁炉子等铁器好卖，利润也相对大一些，可她是个女孩子，是不能学那个的，弟弟又太小了；卖那些生活用品吧，有女人自己绣枕头、被单拿来卖，她不会绣，虽然可以去县城批发再来卖，可农村人还是喜欢自己做的针线活，批发来的商品买的人少，利润低。阿依古丽想来想去还是觉得卖烧烤比较适合自己。她会做饭，烧烤虽然不是日常做饭，可也是弄吃的，大差不差。她一个女孩子，只要把菜洗干净，味道做好，人家也还是爱吃的，利润虽然小，但干着省心，学起来也简单。她把这个想法给妈妈讲了，她从小就是个有主意的女孩子。

她请村里的铁匠艾克热穆叔叔给她做了个烧烤用的铁炉子，又去县上买了放蔬菜用的透明玻璃柜子。弟弟虽然小，可是喜欢摆弄木头，那两条客人坐的长条板凳，就是他的杰作。没几天，她把卖烧烤用的家什准备齐全了，可是她还不是很会烤。但这也难不住阿依古丽，她去巴扎上取经。她在卖烧烤的凯琪丽汗大婶的摊位上买不一样的东西吃，吃完她不走，帮着凯琪丽汗大婶干活，穿些菜，擦洗扦子，给客人倒水、递纸什么的。凯琪丽汗大婶看她勤快，有眼色，对她也很喜欢，她就告诉了大婶她家的情况和她的打算。凯琪丽汗大婶很痛快地教了她烧烤的技巧和注意事项，还告诉她客人喜欢吃什么，有些菜要到哪里去批发。那段时间阿依古丽追着凯琪丽汗大婶赶巴扎，在她的烧烤摊位上学习了一个星期，这才准备自己开张。

虽然已经过去了三年，阿依古丽还清楚地记得第一天赶巴扎卖烧烤的情景。那天的巴扎像往常一样热闹，凯琪丽汗大婶让她把摊位支在自己的摊位旁边。一开始来了客人，阿依古丽不好意思招呼，凯琪丽汗大婶就大声招呼："来撒，尝尝我们漂亮古丽的烧烤，香香的烤鸡蛋！"有人三三两两坐在凳子上了，阿依古丽手忙脚乱地在翻烤着鸡蛋和辣子，凯琪丽汗大婶帮她拿盘子，撒作料。虽然有几次鸡蛋烤煳了，可是凯琪丽汗大婶给客人开玩笑说吃了煳的鸡蛋，眼睛亮。客人说了几句打趣的话，也并没有计较。没有人来的时候，凯琪丽汗大婶就给她演示烤鸡蛋的要领，火不能太大，要转着翻，有一点点黄了的时候赶紧撒作料……

那一天，巴扎散了的时候，阿依古丽累得腰都要直不起来了，可她是愉快的，她终于可以自己挣钱了。凯琪丽汗大婶帮她招呼了一天生意，自己的摊位倒没有往常卖得多，可是显得比她还开心。

坐着弟弟赶的毛驴车回到家，天都黑了，妈妈做好了汤饭在等他俩。快快地吃完，她开始数钱、算账。刨去买菜的成本居然挣了四十八块钱，她和妈妈、弟弟都很开心。

就是从那开始，阿依古丽和弟弟开始赶巴扎了。晚上把菜备好，早上起来洗干净、切段、穿好，再分门别类装进塑料袋里。有时候也会多备些菜，到巴扎上再穿。一些素菜，家里门前的院子里就有，像豆腐、豆腐皮、香肠什么的就要去批发，一次多买一点儿，买回来冻在冰箱里。慢慢地她开始有经验了，怎么挑新鲜的菜，怎么买个儿大的鸡蛋，怎么挑选味道重的调料，如何才能把作料磨成细粉，没有杂质。尤其在巴扎上阿依古丽也锻炼得干练、泼辣起来，来了客人，她手脚很麻利，再也没有一开始的慌张了。经常是她和凯琪丽汗大婶的烧烤摊子离得不远，抬头就可以看见，人不多的时候，阿依古丽经常跑到凯琪丽汗大婶的摊位上聊天，也顺手帮忙干点儿小活。要是客人要的菜没有了，阿依古丽就去自己那里拿来给凯琪丽汗大婶，她一直惦记着凯琪丽汗大婶当初对她的好，人是不能忘本的。

虽然她和弟弟的烧烤生意也在挣钱，可是最近她还是有心事——未婚夫家在县城边上，离她家有二十多公里路呢！订婚两年多了，婆家催了好几次要她嫁过去了。她要是出嫁了，弟弟和妈妈怎么办呢？她想来想去，还是应该让弟弟也学个手艺啥的，这样他娶了媳妇就可以自己过活。

可是学什么好呢？这真是个难题，弟弟学习不好，又爱玩，整天在巴扎上晃来晃去，一会儿去看人家打铁、做铜壶，一会儿去看卖乐器的弹唱，整天看也看不够，一直要等阿依古丽忙不过来了，大声喊他，他才会快快地回来帮忙。即使在洗菜，他的眼睛也是着急的，恨不得一下洗完，就可以走了。

他这个样子，等她嫁了，指着他再去卖烧烤养活妈妈，肯定是不行的。她发愁地看着他，他却没心没肺地笑着，毫不担心未来的日子。

这一天和那些天也没有什么区别，她独自把带来的那些菜卖完了，古海尔罕还是到处闲逛。热娜守了一天摊，中午饭迈尔旦和古海尔罕都没有回来吃，阿依古丽和热娜自己烤了些菜，吃了个馕，就当午饭了。

黄昏时候，巴扎开始松动了，挤挤挨挨的人开始向四面八方散去，仿佛一个巨大的盛宴结束了。赶巴扎的人和逛巴扎的人，坐着马车、毛驴车、三轮摩托车首尾相连，从巴扎向四面八方辐射出去。晚霞给归途铺着灿烂光点，一路上铺出辉煌。

古海尔罕絮絮叨叨地给阿依古丽说今天谁又给她提亲了，还许诺说了彩礼是啥啥的。可阿依古丽没有心思听，她看着弟弟的背影，长长地叹了口气。迈尔旦像是知道她在想什么一样，给她说："姐，我想学乐器制作，我喜欢乐器！"

"啊，那好啊！可是那要好些年才可以学成，还要天赋呢，你行吗？"

"我想先学做手鼓和萨巴伊（一种摇奏体鸣乐器）这些简单的，等我有一些基础了的时候，就去新和县加依村找那个乐器王艾赛提·依明学弹拨尔（一种拨奏弦鸣乐器）和萨塔尔（一种擦奏弦鸣乐器）。我在电视上看见过人家采访艾赛提·依明，他做的乐器卖到了台湾和香港，有些还卖给了外国人，我要拜他为师，我喜欢弹唱，我喜欢乐器！"

"你想学手艺好啊，咱家前面的艾孜来江不是做乐器的吗，干吗要跑去加依村学呢？"

"艾孜来江好古怪。我想去新和县玩玩，也想去加依村，我想出门去转转，顺便把手艺学了，不是挺好嘛，姐。"

"跑那么远，人家能收你吗，你啥也不会。"

"巴扎上卖乐器的艾则孜大叔就曾经是他的学生，跟着他学了两年就出师了。艾则孜大叔说我心灵手巧，他答应给艾赛提·依明推荐我呢！这些日子，艾则孜大叔还教会我唱了一些木卡姆片段呢！我唱给你听啊：'我给它找了羊皮弦，知道来的都是客，灵气发作弹得欢。我弹热瓦普一曲曲，弹的是我苦衷一堆堆。我说你这黑眼睛的姑娘，别把昨晚的誓言往后推。'"

"你还会唱情歌了，毛孩子！"

"姐，木卡姆的唱词百分之八十都是情歌呢!"迈尔旦头也没有回，接着又唱起来了……

晚霞中，毛驴车嗒嗒嗒嗒欢快地跑着。迈尔旦的歌声飘起来，阿依古丽微笑地听着，觉得弟弟长大了。

说祝赞词的老人

清晨，阿尔布克老人坐在毡房门口，看着小孙子巴图尔正生气呢！

原来，孙子不愿意去定居点上学，说他喜欢在山里自由自在放羊的生活。儿媳说了他几句，他赌气站在毡房外面，一边和母亲顶嘴，一边用手里的鞭子抽打着地上的青草。经鞭子暴烈卷过的青草叶子连着地皮被拔起，这一幕正好被出门喂马的阿尔布克老人看见了。他一把揪过孙子："小草是上天给我们的恩赐，你怎么能这样抽打草叶呢?"孙子知道爷爷发火了，就不说话了。

太阳升起来了，草地上升腾起一层水汽。吃过简单的早餐，喝完奶茶，早已经换上干净袍子的阿尔布克老人牵着孙子递过来的枣红马。看着孙子跨上一匹小黑马，老人腿脚灵便地上了枣红马，爷孙俩这才一前一后朝着布斯屯格牧场方向出发了。

"巴图尔，"老人给孙子说，"在我还没有出生的许多年前，我的爷爷的爷爷就在这个草原上放牧。神灵给了我们丰美的草、洁净的水。那时候的夏天，草原上的花开成一大片一大片的，骑着马放牧，青草地里看不见马蹄，好像马在深深的草滩里游走。

那时候的人们相信草原上的万物都是各自的神在管理着，草神、水神、树神、风神、雨神在掌管着草原的一年四季。人们相信如果干了随意拔草、把污秽的东西放在水源地等这种不好的事情，是要遭到神灵的惩罚的，人们对神灵的敬畏使得人们快乐地生活在这里。几辈子的人都不在了，可是那时候的树还在，草也还在，洁净的水还滋润着我们的身体，我已经活过了八十几年了。巴图尔，你也会有好多好多日子要去过，你会慢慢懂得，你怎么对待小草，它就会怎么对待你，你也会慢慢懂得以前人们对草木的敬畏是多么正确的事情，将来你也会有自己的儿子，进而还会有孙子，他们也会生活在这片草地上。你会像现在的我一样絮絮叨叨地告诉儿孙们，草原是我们自己的草原，是我们的家。"阿尔布克老人说完这些话，看着还是有些懵懵懂懂的孙子。巴图尔蔫头耷脑地晃悠着，其实他可能并没完全理解老人这番话的深意，但他显然知道了不能随意拔、抽打小草。

平坦的草原上，青草刚没过马蹄，不过就是二十公里左右的路程，老人的枣红马不紧不慢地走着，马蹄发出匀实的嗒嗒声。倒是小黑马像巴图尔一样淘气，跟在枣红马身后走了一会儿就三步两步跑到前面去了。

老人看着马背上阳光里孙子的背影，想到自己年轻的时候放羊，赶着二十几只羊，也不用走很远的路就是青草滩，羊们自去低头吃草，无所事事的他找块向阳的大石头，躺着睡觉。太阳晒得人懒洋洋的，半天睁开眼一看，大多数羊都吃饱了，像他一样找个舒适的地方卧下来打盹儿了；还没有吃饱的，却是吃累了，也已经卧下来，扭着脖子在吃身后的草。常常是太阳下山了，阿尔布克也醒了，不用数数，他看上两眼就知道自家的羊够不够数，谁家的羊跑到了自己的羊群里了。天天这样放羊，阿尔布克天天都在太阳下睡觉。睡着睡着，他的脸变得红通通的了，他也从一个祭祀敖包时站在后面的青年变成了仪式开始时站在最前面说祝赞词的老者。可是也是这几年，草地上的草都不够牛羊吃了，羊要跑好远才可以吃饱。孩子们居然还不知道爱惜草地，这使他心里有点儿不舒服。

今天是夏米那尔苏木祭敖包的日子。自从前年苏木里八十七岁的那位老人去世后，八十三岁的阿尔布克就是这个夏米那尔苏木最老的长者了，他要在祭敖包的仪式上说祝赞词。

今天他要早一点儿到场，和主持森格拉提前碰头。森格拉也是六十五岁的人了，他有文化，做事稳妥，说话有号召力，是大家推举出来的主持。自从原来那个主持沙木加去世了，苏木里就推举森格拉来做主持。森格拉已经主持了三年祭敖包活动，深得大家的信赖。

老人和孙子到了布斯屯格牧场活佛的敖包时，部族里的人已经来了一些了，更多的人在来的路上。

人渐渐来得多了，安排好诸多事宜后，森格拉给阿尔布克老人示意仪式可以开始了。一个青年把倒好的酒递给了阿尔布克老人，老人按礼节喝掉，放下碗，他口中开始念念有词，人群安静下来，四周平添了一种静默的力量。

我听不懂他口中的祝赞词，但那种虔诚和敬畏的姿态是每一个在现场的人都可以感受到的。

后来翻译告诉我大意是：感谢每一条山川、每一条河流、每一块草地的神灵，给了草原风和雨，让青草茂密地生长，让牛羊该长高的长高，该长膘的长膘。我们这些自然的臣民永远珍惜上苍赐予我们赖以生存的土地。愿保佑大小牲畜平安、人们的生活吉祥如意。

其实在蒙古人的习俗里，祝赞词的内容有许多，有称赞马的祝赞词，有结婚时的祝赞词，有祭敖包的祝赞词，等等。据说草原上流传下来的祝赞词有两百多首。阿尔布克老人说得最多的是赞美山川、感谢上苍、保佑生存福地内容的祝赞词。阿尔布克老人成了苏木里年龄最大的长者后，他仿佛有了神谕的预兆，他说的祝赞词有了吉祥的意味，人们尊敬他，仿佛可以沾上他健康长寿的好福气。这里的习俗是年龄最大的身份使得拥有者有了至高无上的受人尊敬的地位。

说起长寿秘诀，阿尔布克老人说自己五十岁之前滴酒不沾，五十岁后开始喝酒，但量小。他认为除了少喝酒，还有一个更重要的原因是不说谎。老人说，不说谎，老天就知道你的心是真的，就让你慢慢活在这草原上，看一季一季的草绿了又黄了。那些爱说谎的人心都坏了，老天要召回他们，给他们修补心，补好了再转世回来。

我围着敖包转了三圈要离开时，老人向我招手。他走到我面前，伸出右手在我头顶轻抚了两下，口中念念有词。此时我仿佛福至心灵，无需翻译也听懂了他正在说的话：愿神灵保佑你和我一样健康长寿，生的孩子聪明、强健。

后　记

　　在乌鲁木齐市南山脚下，我有一间小房子。很多年，我在里面做梦，发呆。在东莞的樟木头镇，我也是住在半山上的一间小房子里。这十年，我在乌鲁木齐和樟木头镇之间往返多次。现在想来不过是从南山到宝山之间的往返，两者相距四千多公里，气候和风俗完全不同。

　　这些年，我因为家人的缘故，也因为自己想要出走的想法，去过一些地方，在一些地方短暂居住过。我在酒店或者出租屋里，逐渐练就了一种心安之处即是家的心态。现在说起来，这种状态好像很轻松，其实不是。这是一个漫长的过程，是经历了茫然无措、感觉自己再也无家可归后的惆怅。有时候半夜醒来，迷迷糊糊之间会疑惑自己在哪里？这是一个陌生的房间，这里的一切都和我无关，我怎么就到了这里？有一种哪里都不是家，哪里都是过客的怅然，而这不正是我自己选择的生活方式吗？这不正是我一直想要出走的心吗？

这十年也是我从青年走向中年的过程，心里的跋涉幽微而艰难，我会随手记下所思所想。这些就是《山间碎隙》的主体，还有多次去新疆南部遇见的人和事。

很多事情的发生，当时看似偶然，其实后来再想，之前都有迹可循，只是当时深陷其中的我并不知道，亦没有察觉。写作是回忆的一种方式。写下来的时候，又有了一些不同于当时的感受和触动。坦然面对自己的内心并不容易，我为自己拥有这个能力而欣慰。当然，《山间碎隙》里的文字也没有完全呈现那些阴影和褶皱。这与其说是文字的局限，不如承认是我个人的局限。然而，这个局限也是此刻真实的我。

最后，我想用葡萄牙诗人佩索阿的那句诗——"我的心略大于整个宇宙"，结束这篇小小的后记。感谢这十年遇见的人和事，成就我写下这本书里的文字。

2024年3月